JUNGLE

DU MÊME AUTEUR

Le Roman de Lili, Lattès, 2000.

www.editions-jclattes.fr

Monica Sabolo

JUNGLE

Roman

JC Lattès
17, rue Jacob 75006 Paris

1.

Le matin où Julia se trancha les veines dans son bain, elle s'était peint les ongles de pieds en rouge. Ses lèvres brillaient de gloss parfumé à la cerise. Elle avait enfilé un minuscule bikini rose comme si elle avait prévu d'aller à la plage. Ses cheveux noirs s'étendaient en corolle autour de son visage paisible, vaguement souriant, et ses seins pointaient à la surface de l'eau, comme deux îles émergeant de l'océan Pacifique au soleil couchant. Elle était magnifique.

Sur le miroir au-dessus du lavabo, elle avait inscrit un message avec son tube de rouge à lèvres, qui s'effaçait derrière un nuage de buée.

Louise, tout ira bien. Moi, je vais très bien. Je t'aime.

Et pour que j'en sois tout à fait sûre, elle avait dessiné un cœur et un petit visage souriant. En s'approchant, on sentait nettement un parfum de cerise.

Dehors, le soleil du mois d'août. Les murs de la maison paraissaient plus blancs que d'ordinaire, et les chaises de jardin semblaient attendre des invités qui ne viendraient jamais.

Lorsque l'ambulance arriva, Mme Lambert était à genoux dans l'herbe, tenant sa fille dans ses bras. Personne ne sut jamais pourquoi elle l'avait emmenée jusque-là, ni comment elle avait réussi à porter le corps dans les escaliers, et à travers toute la maison. Peut-être espérait-elle que sa fille étendue sur l'herbe se dresserait d'un seul coup pour se mettre de la crème solaire sur les cuisses ?

Julia avait laissé derrière elle une traînée sanglante. Elle regardait au loin, ses longs cils recourbés vers le ciel, moulée dans son maillot, ses pieds rutilants dans la lumière de l'été.

Les pompiers étaient descendus du camion en courant, trois hommes en noir avec de grosses bottes, écrabouillant le gazon mouillé. Ils s'étaient précipités vers la mère et la fille avec l'espoir de faire quelque chose, et puis, quand ils avaient vu Julia, belle comme une pin-up de calendrier, sentant bon le fruit mûr, et aussi morte que possible, ils avaient senti leur cœur se rétracter. Le plus jeune d'entre eux surtout, un petit brun couvert de taches de rousseur qui connaissait Julia depuis l'école et avait couché avec elle dans les toilettes du lycée.

Ils l'emmenèrent dans leur camion, avec Mme Lambert affalée à côté de la civière, le petit brun qui mâchouillait une cigarette éteinte, et les sirènes qui hurlaient comme si une fille pareille, avec un maillot fait pour être enlevé avec les dents, allait forcément ressusciter.

Mais elle ne ressuscita pas. Le médecin qui constata le décès remarqua qu'elle s'était tranché les veines à la verticale, et non à l'horizontale, afin d'être certaine de ne pas se rater. Il vit aussi sa bouche gonflée comme si elle avait trop embrassé, et il eut envie de rentrer se coucher. Il était dix heures du matin.

Elle fut enterrée trois jours plus tard dans le cimetière situé à cent mètres de la maison Lambert, sans son bikini rose. Le gazon était ras comme celui d'un golf et sur la pierre tombale en béton, on pouvait lire : *Julia Lambert 1971-1992.*

2.

Le jour où j'ai rencontré Julia, mon père nous a prises en photo dans le jardin de la maison, juste devant l'étang.

Sur le cliché, on voit deux fillettes, le visage éclaboussé de lumière. La brune, avec une robe à volants et l'air d'une reine de beauté, sourit de toutes ses dents. La blonde, qui a une coupe de cheveux très courte et très ratée, se tient en retrait en grimaçant. Elle a l'air beaucoup plus maigre que l'autre, et sa posture – les mains sur les hanches – fait ressortir ses os pointus.

Quand on s'attarde sur les détails, on remarque que la brune porte un ruban blanc pour retenir sa queue de cheval, et que la blonde a un trou dans son tee-shirt, juste au-dessus du nombril, à gauche. Le tee-shirt est vert avec des rayures blanches sur les épaules et un grand 12 sur la poitrine. On dirait qu'elle va jouer au foot.

La robe de l'autre est pleine de dentelles, et la serre à la taille de façon déraisonnable. Sa couleur ivoire fait ressortir la pâleur du visage, lui donnant une allure un peu inquiétante de revenant ou d'infante malade. On voit à son expression qu'elle est persuadée que sa tenue est une réussite.

Au dos de la photo, quelqu'un a écrit : *Louise et Julia, juillet 1979.*

Mais on ne voit pas tout sur cette photo.

On ne respire pas le parfum poudré de la peau de Julia. On ne voit pas Barnabé, mon lézard, caché dans la poche de mon short. On ne voit pas ma mère couchée sur une chaise longue, dans une robe rouge à pois, ses grandes jambes luisantes comme celles d'une Barbie en plastique. On ne voit pas M. Lambert qui raconte des histoires drôles, avec sa main qui replace ses cheveux dans un geste d'acteur américain, pendant que mon père prend tout le monde en photo.

On ne voit pas que l'heure est grave. Que je traverse une crise politique sans précédent. Que mon territoire est menacé.

L'envahisseur est à côté de moi, avec son foutu sourire de conquérante.

En juillet 1979, j'avais huit ans. Je régnais sur un jardin, un étang, des buissons, un orme pelé et un mur de rocaille. Mon royaume était immense, au moins cinquante mètres carrés. J'avais déjà connu l'amour, j'avais souffert, je m'étais remise. J'avais toute une vie derrière moi.

À cette époque, Barnabé le lézard vivait dans une boîte à chaussures sous mon lit et comblait toutes mes aspirations de femme sensible. J'avais aussi mes livres d'histoire naturelle, dont les images faisaient surgir des mondes secrets que j'explorais dans ma tête. Le soir, dans mon pyjama en éponge, je plongeais sous mes draps comme un spéléologue dans une grotte et je partais à l'aventure, au fin fond de la savane africaine ou du bush australien.

Je pesais vingt-sept kilos. J'étais prête à me battre.

Ce jour-là, elle était arrivée au bras de son père, comme une petite mariée. M. Lambert était un ami de maman. Il s'était incliné devant elle, et sa fille avait plié les genoux, en soulevant sa robe, pour faire la révérence. Elle était ridicule.

Je dus passer l'après-midi en sa compagnie. Je jouais avec Barnabé, que j'avais décidé de présenter à ses cousins qui vivaient dans le mur de rocaille. L'opération ne fut pas concluante, Barnabé refusant de sortir de mon tee-shirt, pétrifié par la taille insensée du monde extérieur. Julia suivit toute l'opération avec sérieux, me donnant des conseils de sa voix d'altesse qui connaît la vie.

Je l'ignorais, elle s'obstinait à me sourire. Je n'aimais pas ça.

Elle vint une deuxième fois, gambadant sagement aux côtés de son père. Je la toisai avec hauteur, elle continuait de sourire. C'était déprimant.

À mon grand désespoir, M. Lambert et son encombrante progéniture apparaissaient de plus en plus souvent au portail du jardin. M. Lambert et maman riaient fort dans le salon ou prenaient le thé sur la table de jardin, papa restait dans son atelier, et moi, je me fadais Julia, trottinant derrière moi, toutes dentelles dehors.

J'étais bien décidée à me débarrasser de cet œuf de Pâques en souliers vernis. Ils étaient bien décidés à ne pas me lâcher, elle et son sourire. Pendant tout un après-midi, je courus dans le jardin, sautai dans la mare, brandis sous son nez mes mains grouillantes de limaces.

Elle ne se laissa pas démonter. Elle sauta dans la mare, plongea ses ballerines dans la boue, attrapa les limaces. Sa robe en prit un coup. Elle marquait des points.

L'œuf de Pâques n'était pas une mauviette. Tel un scientifique fasciné par une espèce inconnue, je me mis à l'observer. Je notai son silence qui me rappelait une philosophie toute personnelle. J'oubliai ses tenues de poupée, et observai, intriguée, ses gestes délicats. Elle avait des mouvements lents et assurés à la fois, et gambadait d'un endroit à l'autre en soulevant un sourcil curieux. On aurait dit un papillon voletant de fleur en fleur.

Un après-midi, je m'approchai par derrière, à petits pas silencieux, et lui jetai un crapaud au visage. Elle éclata de rire, en se tenant le ventre.

J'étais cuite.

En fin de journée, quand elle remonta dans la voiture de son père, ramenant sa robe sur ses genoux dans un geste de femme accomplie, je sentis éclore dans mon cœur le noir désir de la possession. Le soir, je mâchouillai les BN que j'avais cachés sous mon oreiller, le regard vide, en poussant des soupirs.

Nos rencontres ressemblèrent désormais à des rendez-vous romantiques.

Nous nous dirigions l'une vers l'autre sans un mot, et, répondant à un signal secret, nos mains se rejoignaient comme des anémones de mer. Puis nous arpentions mon domaine végétal durant des heures. Pour mener cette existence aventureuse, Julia se mit à porter des pantalons. Je vécus cette métamorphose comme une victoire. Elle avoua me trouver exotique et beaucoup plus drôle que ses amies qui fréquentaient les cours de danse et les goûters d'anniversaire.

Ma nouvelle conquête portait une grande queue de cheval qui fascinait les garçons. À la sortie de l'école, elle traînait toujours une troupe de chevaliers servants qui sautillaient derrière elle comme des casseroles accrochées à une voiture de mariés.

Mais Julia n'avait d'yeux que pour moi.

Je ne m'expliquais pas cette passion. Quand elle me fixait, avec sa bouche ouverte et ses yeux humides, je ne me sentais pas rassurée. Je n'avais pas eu de bonnes expériences avec l'amour.

Ma mère avait été ma première idole. J'avais passé les six premières années de ma vie à tenter de la séduire.

Elle ne ressemblait pas à une mère de famille. Elle portait des minijupes et des manteaux en lapin. Sa peau était pâle, nue, mais elle maquillait ses yeux gris chaque matin pendant une éternité, une cigarette allumée en équilibre sur le bord du lavabo. Autour du cou, elle portait une longue chaîne pleine de breloques. Un œil en porcelaine, une tête de mort, une petite fille en or avec des couettes, un médaillon où était gravé *Ti amo* qui lui avait été offert par un amoureux l'été de ses dix-sept ans, à Forte dei Marmi. Elle avait des cheveux longs et raides qui lui donnaient l'air d'une adolescente vulnérable. Elle avait un sourire éclatant mais ses yeux étaient toujours mélancoliques et donnaient envie aux hommes de la prendre dans leurs bras et de l'embrasser violemment.

Je l'ai adorée dès la première seconde. Lorsqu'on me déposa sur sa poitrine, j'ouvris de grands yeux ébahis face à tant de beauté, et hurlai mon émerveillement avec une vigueur qui lui tapa immédiatement sur les nerfs.

J'étais une petite chose frétillante assoiffée d'amour qui ne désirait qu'une chose dans l'existence : vivre collée à son sein.

Mais ma mère ne voulait pas que l'on touche à ses seins. J'en fus très déstabilisée, même si cela n'avait rien de personnel, puisque mon père lui-même n'y avait plus accès. Nous nous consolions tous les deux, moi petit paquet potelé frappé en plein cœur, et lui, grand gaillard éconduit, qui me faisait sautiller contre son épaule, les yeux dans le vague.

En réalité, ma mère était frappée de plein fouet par le baby-blues. Elle n'avait que vingt ans. Hier encore, elle dansait sur les tables, hésitait entre une carrière d'actrice et un voyage en Inde à vélo et vampait ses prétendants avec un sourire de jeune fille qui connaît ses atouts. Ce temps-là lui semblait aussi éloigné que la première glaciation terrestre.

Elle ne renonçait pas pour autant à l'espoir de se transformer en mère de famille respectable. Elle me secouait nerveusement pour me bercer. Elle changeait mes couches. Elle me chantait des tubes des Rolling Stones. Mais, la plupart du temps, elle versait des torrents de larmes.

On peut se demander pour quelle raison

elle décida de retomber enceinte, trois années après cette expérience traumatisante. Peut-être était-elle de ces optimistes qui pensent qu'il faut remonter à cheval après une mauvaise chute ? Peut-être espérait-elle mettre au monde un garçon, naturellement poli et distant, qui vivrait sa petite vie dans son coin ?

À lui non plus, elle ne donna jamais le sein.

Pendant qu'elle essayait de jouer les bonnes mères avec mon frère, je me battais pour conserver ma place. J'applaudissais quand elle accomplissait une action extraordinaire comme se coiffer les cheveux ou allumer une Muratti. Je la couvrais de dessins. Ils représentaient tous une fillette tendant des mains grandes comme des fourches vers une géante aux cheveux jaunes, alors que, dans un coin de la feuille, deux petits tas noirs ressemblant vaguement à des fourmis représentaient mon père et mon frère.

Je la regardais de loin, comme une œuvre d'art. Je rêvais de la mettre sous verre et de l'exposer au-dessus de mon lit. Mais je gardais mes distances. Pour ne pas l'irriter, je retenais mes mouvements et trottinais silencieusement dans la maison.

Quelquefois, elle se jetait sur moi et couvrait mon ventre de baisers. Quelquefois, nous dansions des rocks déchaînés qui faisaient trembler les meubles.

Avec les années, ma mère devint de plus en plus belle. Elle revenait avec des sacs pleins de robes et de chaussures. Elle s'était coupé les cheveux et avait perdu ses joues. Elle riait bruyamment.

À cette époque, elle se mit à avoir des amis. Ils débarquèrent d'un seul coup, comme s'ils attendaient depuis toujours, tapis dans les buissons du jardin. Ils envahirent l'espace, étendant leurs jambes sur les chaises longues, jouant leurs disques, improvisant des séances de claquettes sur le parquet. Tant de frivolité m'offensait. J'avais passé toute mon existence à installer le silence, et voilà qu'une meute d'excités débarquait chez nous, comme une fanfare dans un temple sacré.

Face à l'invasion, mon père ne réagissait pas ; il regardait de loin ces beaux jeunes hommes investir sa maison. J'attendais qu'il les vire à coups de pieds, mais il ne fit rien et quand ses admirateurs se retiraient, ma mère nous regardait avec affliction, étonnée que l'on ne quitte pas les lieux, nous aussi.

J'étais combative. Mon père avait baissé les armes, faisant griller des saucisses sur le barbecue, en chemise à manches courtes, pendant que mon frère tournait dans le parc qu'on avait sorti pour l'occasion. Personne ne s'occupait d'eux, hormis une ou deux épouses égarées qui suçaient des olives avec une mine contrariée.

Il y avait M. Lambert, déjà, et sa femme. À cette époque-là, Julia ne les accompagnait pas, elle me raconta plus tard qu'on la laissait chez sa grand-mère, une vieille dame qui portait des lunettes à verres fumés et sentait l'antiseptique.

M. Lambert était un bel homme élégant, aux cheveux et aux yeux noirs, qui vendait des bateaux de luxe à des milliardaires creux comme des coquillages. Il aimait raconter des histoires. On aurait dit qu'il avait des spots braqués sur lui en permanence, comme un crooner sur une scène de music-hall. Sa femme, en revanche, était une créature aux cheveux fins qui se déplaçait avec une discrétion confinant à la neurasthénie. Elle n'aimait pas beaucoup les dimanches à la maison. Elle cessa d'ailleurs très vite d'accompagner son mari, qui décida alors d'emmener Julia, pour paraître moins suspect, sans doute.

Ce jour-là, je ne connaissais pas encore Julia et j'avais décidé de reconquérir la grande blonde qui portait un bandeau de soie blanche dans les cheveux, riait en faisant étinceler ses dents et avait totalement oublié qu'elle avait un mari et deux enfants.

J'avais remarqué que les amis de ma mère aimaient beaucoup lui offrir des cadeaux. Elle les ouvrait avec un air étonné en secouant la tête. À l'intérieur, il y avait des chocolats fourrés à l'alcool, un foulard bleu électrique ou des pâtes de fruits. Ma mère adorait ça.

J'avais préparé ma boîte. J'avais ramassé des escargots dans le jardin, cinq ou six spécimens beiges rayés de noir. Je les avais coloriés au stylo feutre, une teinte différente pour chacun, avant de les déposer dans une boîte à chaussures tapissée de salade. Je m'étais faufilée au milieu des invités pour tendre mon cadeau. La grande blonde m'avait lancé un regard étonné. Elle avait souri à l'assistance.

Il y avait des jeunes hommes avec des cheveux brillants qui mangeaient des merguez et buvaient du rosé. Des femmes en pantalon clair qui poussaient des exclamations attendries. Il y avait mon père avec des auréoles sous les bras et qui souriait, sa pique à viande suspendue dans l'air.

Et puis, il y avait eu le cri de ma mère. Elle avait jeté la boîte en tordant la bouche. On aurait dit qu'elle avait été attaquée par des bêtes sauvages.

Dans l'agitation, quelqu'un avait écrasé un escargot.

— Oh ! la pauvre bête, s'était exclamé M. Lambert en regardant la trace visqueuse sur le gravier.

J'avais ramassé les rescapés avant de courir dans ma chambre. Je les avais agités chacun leur tour devant mon nez. Ils remuaient leurs antennes.

Nous avions décidé que l'amour était une vraie saloperie.

Et puis il y eut Julia. Je ne comprenais pas ce qu'elle me trouvait, moi qui n'avais pas su attendrir ma propre mère.

Un jour, pourtant, elle eut besoin de moi. Le jour où son père s'est enfui avec ma mère.

Un après-midi d'automne, papa était venu nous chercher au fond du jardin, alors que nous nous coiffions de perruques vivantes, faites de feuilles et de vers de terre. Il était pâle. Il nous expliqua la situation très vite, d'une voix hachée, comme s'il manquait d'air.

— Mes petites filles, il va falloir être fortes.

Je fus très forte. Je le gratifiai d'un beau sourire, tandis que des lombrics me dégoulinaient sur les yeux.

Julia ne reçut pas la nouvelle avec la même désinvolture. Elle fondit en larmes. L'homme de sa vie l'avait abandonnée. Elle, la petite splendeur à qui personne n'avait jamais résisté. Sa vision du monde en fut ébranlée. Une fillette qui avait fait avaler des scarabées vivants à tous les gamins du quartier ne pouvait supporter une telle trahison.

Elle pleura longtemps, poussant de petits cris qui me rappelèrent le chat qui avait agonisé pendant des heures, juste devant le portail, après avoir été écrasé par une camionnette. On voyait son cœur battre à la racine de ses cheveux. Elle se mouchait dans ma salopette.

Je finis par me mettre à sangloter aussi. Je n'étais pas malheureuse, j'étais enragée. Ma mère nous avait sacrifiées.

Je rêvais de l'attacher à des piquets, de la couvrir de miel et de lâcher une colonie de fourmis rouges sur son corps nu.

3.

L'été 1992. Début juillet. Julia était bronzée comme un petit pain et sa peau sentait le monoï. Les bretelles de son maillot tombaient sur ses épaules. Elle portait des sandales dorées et des lunettes de soleil immenses, qui lui donnaient l'air d'une actrice revenue de tout. On avait envie de les lui arracher d'un coup sec, juste pour surprendre son regard et lire dans ses yeux, l'espace d'un instant, une expression humaine. Mais Julia dérivait sur un matelas en plastique turquoise, dans la piscine de sa mère, avec ses cheveux plaqués, sa peau luisante d'huile solaire et sa bouche rosée où flottait un sourire qui portait sur les nerfs.

C'était un été caniculaire. L'air était chargé

de poussière et de particules électriques. Nous regardions le ciel, des gouttes de sueur dégoulinant dans nos yeux secs, en attendant un orage qui ne venait jamais. Les jardins dégageaient une odeur de marécage, et les poissons rouges de l'étang faisaient des bulles à la surface comme des vieilles dames en apoplexie.

Julia et moi avions quitté Paris pour passer quelques semaines chez nos parents. Nous avions jeté nos habits chiffonnés dans un sac avant de grimper dans un train de banlieue. Échouées sur une banquette en skaï écaillé qui nous collait aux fesses, nous nous étions demandé ce que nous faisions là.

— Tu peux me dire pourquoi on retourne là-bas ?

Julia avait levé les mains en signe d'impuissance. Elle avait plissé les lèvres pour m'envoyer un baiser. Son portable gazouillait dans son sac. Elle portait une robe microscopique. On voyait sa culotte.

Mon père m'avait serrée dans ses bras. Il était livide, les cheveux qui recouvraient le haut de son crâne ressemblaient à du foin, mais il avait l'air content. Dans le jardin, l'herbe avait poussé et affichait une couleur de savane africaine.

— Salut papa.

Il avait pris mon sac et l'avait porté jusque

dans ma chambre, puis il était resté là et moi aussi, dansant d'un pied sur l'autre, avec un sourire idiot.

Je me souviens de l'air brûlant. Je me souviens des cigales invisibles qui frottaient leurs élytres avec des bruits d'hélicoptères. Julia buvait du Coca à la paille en faisant du bruit. Elle arborait en permanence ces lunettes de soleil et ce petit sourire satisfait qui aurait dû m'alerter. Mais je passais mon temps à ramper dans le jardin. J'enfilais un pantalon de treillis et je lâchais mon boa émeraude dans la nature. Il avait voyagé depuis Paris dans un sac en jute. Il ondulait sur le gazon, dressant sa tête triangulaire dans toutes les directions, comme s'il avait retrouvé la terre de ses ancêtres. Je le prenais en photo. Je le déposais délicatement sur une branche qui pouvait évoquer un décor tropical, et je mitraillais. Quelquefois, je demandais à Julia de nous immortaliser, lui et moi, dans les herbes.

— Regarde celle-là, Julia, on dirait vraiment qu'on est en Guyane. Tu sais ce qui serait bien ? Ce serait de faire un film. Un documentaire.

Elle avait emprunté la vieille caméra de sa mère. Le soir, on sortait l'écran devant la maison, sur le gravier, et on se projetait les images. Julia avec son bas de maillot, ses sandales dorées, et le boa autour de ses seins. Moi, en marcel blanc, parlant à la caméra et désignant l'étang du bout de ma machette.

— Nous nous trouvons actuellement devant les marais de Kaw, les plus grands marais d'Amérique du Sud et l'habitat naturel des caïmans à lunettes. Ces reptiles peuvent atteindre six mètres de long. Ils ont l'habitude de traîner leur proie dans leur tanière aquatique et de les laisser pourrir pendant plusieurs semaines. Leur régime alimentaire est essentiellement composé de poissons-chats, d'ibis, et quelquefois, de chair humaine.

J'étais presque heureuse. Quitter Paris m'avait soulagée. J'attendais mon frère qui venait de décrocher son bac C, mention très bien. Il avait reçu une voiture. Il avait promis de venir avant la fin du mois.

L'été précédent, avec son gentil sourire et ses résultats spectaculaires, il avait réussi à convaincre mon père qu'il devait s'installer à Paris pour passer son bac dans un lycée réputé pour sa filière scientifique. Depuis, il vivait dans un appartement avec une bande de garçons aux cheveux longs qui ressemblaient à des colleys. Ils passaient la plupart de leur temps avachis sur un canapé, à fumer des joints en matant des calendriers de filles en string. Ils étaient mous comme un banc de méduses et le canapé avait fini par prendre la forme de leurs corps. Pierre, lui, souriait en permanence et vendait des kilos de shit et d'herbe à ses colocataires. Une activité qui lui avait permis de s'offrir un télescope gigantesque, un modèle surpuissant digne de la NASA, contre lequel il plaquait son œil gauche, la nuit, sur le petit balcon recouvert d'un tapis de mégots et de canettes de bière. Il regardait les anneaux de Saturne et cherchait aux confins de la galaxie une réponse à ses questions existentielles. Étions-nous vraiment seuls dans l'univers ? Comment Dieu avait-il eu l'idée géniale de créer le kung-fu et pourquoi avait-il choisi de réserver la maîtrise de cet art aux stars du cinéma de Hong Kong ? Quand, mais quand, coucherait-il enfin avec une fille ?

Un soir de février, j'avais regardé dans le télescope. Le résultat de mon observation pouvait se résumer ainsi : un grand rond noir.

— Franchement, tu vois quelque chose, toi, dans ce machin ?

Il m'avait regardée avec ses cernes bleutés qui lui faisaient des yeux de panda.

— En tout cas, je vois pas cette bande de crétins. Et je vois pas Alice. C'est déjà énorme.

Alice était une petite chose blonde qui avait beaucoup nui à la santé mentale de Pierre. Elle était dans sa classe, et passait son temps à faire comme s'il n'existait pas. Sa peau était si pâle qu'on voyait le réseau de ses veines sur ses bras et ses jambes. Ses yeux semblaient liquides. La vulnérabilité de son anatomie – on avait l'impression qu'une piqûre d'aiguille suffirait à la vider de son sang – mettait Pierre dans un état proche de la démence.

— Il va lui arriver quelque chose, je te jure, Louise, je le sens.

Il marchait dans le salon, la tête basse, les épaules voûtées, et parlait avec une voix aiguë, comme s'il muait.

— T'as jamais eu ce genre d'intuitions, Louise ? Quand tu sais qu'il va y avoir un drame, un truc horrible.

Il prit une cigarette dans un paquet de Winston qui traînait sur la table.

— Tu fumes toi maintenant ?

Il fit non de la tête et saisit un briquet, le regard égaré.

Malgré son cerveau brouillé par l'amour

comme une boule à neige perpétuellement secouée, mon frère avait réussi son bac. Il voulait faire astrophysique. Il songeait sérieusement à devenir spationaute, pour se jeter dans le grand vide de l'espace et flotter en apesanteur, aussi loin d'Alice que possible.

— Tu vois, Louise, là-haut, tu as vraiment un autre point de vue. Quand la terre se met à ressembler à un Smarties, tu imagines la taille d'une fille blonde ? Même pas un microbe.

J'attendais Pierre, donc, et je sillonnais le jardin avec mon boa, enroulé autour de mon torse. Je fumais des cigarettes à l'ombre d'un chêne, et nous profitions de la brise de l'été, enlacés comme deux amoureux. Quelquefois, Julia me rendait visite, mais, la plupart du temps, on la trouvait près de la piscine de sa mère, dans un deux-pièces triangle, en train de feuilleter un magazine féminin.

J'aimais ces journées calmes, immuables, avec cette chaleur qui vous coupait toute envie de faire preuve de fantaisie. Collé au ventilateur, mon père regardait des documentaires sur la fécondation *in vitro* ou sur les parasites qui peuvent vous entrer dans le corps, comme les vers qui nagent dans le blanc de l'œil ou les poissons microscopiques qui pénètrent dans le pénis. Je m'asseyais à côté de lui, et nous nous lancions des regards satisfaits. Il était rassurant de se dire qu'on avait échappé à toutes sortes de drames, comme celui d'agoniser dans d'atroces souffrances, la jambe grouillante de larves, abandonnés dans un marigot gabonais.

Et pourtant, des tragédies se nouaient là, sous notre nez, à côté des piscines, avec leur eau qui puait tellement le chlore qu'aucune bactérie n'aurait jamais pu y vivre, pas même la plus coriace des amibes africaines.

Cet après-midi-là, je m'étais rendue chez Julia, prête à discuter jusqu'à la nuit, de la vie, de la forêt amazonienne, de ses castings pour des publicités sur les yaourts bio, de nos carrières respectives de comédienne ou d'exploratrice. J'avais Julia rien que pour moi et mon cœur fondait comme une crème glacée. À Paris, dans son appartement qui puait le tabac, la poussière et la lotion pour le corps, il y avait toujours des troupes de types blêmes et des filles à grands yeux qui riaient bêtement.

Je m'approchai de la piscine, cherchant Julia des yeux. Les cigales étaient déchaînées, l'air retentissait d'un vrombissement assourdissant. Le soleil cognait, impitoyable. J'avais l'impression qu'on me frappait la tête à coups de pelle.

Et soudain, je le vis. Sur un transat en plastique blanc. Avec ses cheveux noirs, dans les yeux. Il portait des lunettes de soleil à verres miroir.

Et rien d'autre. *Rien du tout.*

Il avait tourné la tête vers moi, très lentement, comme dans un film au ralenti. Puis, il avait souri.

— Salut.

Je ne pouvais détacher mes yeux d'une certaine partie de son anatomie, un endroit un peu fouillis, une espèce de buisson sauvage d'où émergeait un petit tas de chair rosâtre.

On aurait dit une limace morte.

Je me souvins de ce documentaire sur le naturisme, où l'on voyait de gros types avec des poils sur les épaules, qui se baladaient en tongs, jouaient au ping-pong et s'étalaient sur la plage comme des baleines échouées. Le reste du temps, ils parlaient à la caméra, bien droits sur leurs jambes écartées, les mains sur les hanches, en agitant leur machin, l'air de dire : « Et alors, y a un problème ? »

— Eh ! oh ! Y a quelqu'un ?

Je levai les yeux. Il remuait une main devant son visage.

J'essayai désespérément de rester fixée au niveau de ses yeux, mais mon regard était aimanté par autre chose, beaucoup plus bas.

Il avait attrapé une serviette éponge jaune qui traînait au pied du transat.

D'un geste délicat, il la déposa sur les herbes folles recouvrant son intimité. Puis il baissa ses lunettes.

— Tu dois être Louise.

Il souriait, décontracté.

J'ouvris la bouche et un son étrange, comme un gargouillis, s'échappa de mes lèvres. Il fit mine de se lever et, un instant, j'eus l'impression qu'il allait se jeter sur moi et me plaquer sur les dalles brûlantes en poussant des grognements.

Mais il était juste debout. Paniquée, je fixais la serviette éponge qui avait glissé à ses pieds.

— Faut que j'y aille.

Il avait dit quelque chose, mais le bourdonnement qui emplissait mon crâne m'empêcha de l'entendre.

Je m'emmêlai les pieds, juste devant le portail. Mon buste plongea vers l'avant, puis, à la dernière seconde, j'ai miraculeusement réussi à me rééquilibrer. J'avais cru entendre un petit rire derrière moi. Mes joues chauffaient comme deux petites plaques électriques, mais je ne me suis pas retournée.

J'ai tourné dans la rue, à gauche, et, les bras ballants, je suis partie n'importe où. J'ai marché dans les rues, passant devant les pavillons qui se ressemblaient tous, caressée par la pluie des arroseurs automatiques, en traînant les pieds.

En fin d'après-midi, Julia avait appelé.

— Alors, t'as vu David ?

— Ah ! il s'appelle David ?

— T'es fâchée ?

— Mais non, pourquoi ? Je pars en vacances avec toi, pour qu'on soit un peu toutes les deux, et puis je tombe sur un type à poil dans ton jardin qui connaît mon nom, mais dont, moi, j'ai jamais entendu parler.

Elle avait rigolé.

— Je sais. C'est dingue, non ?

Je n'aimais pas du tout le ton de sa voix. Elle avait le rire niais d'une fille amoureuse.

— Tu veux que je te raconte comment je l'ai rencontré ?

Je lui avais raccroché au nez.

Julia n'était jamais amoureuse. Elle traversait l'existence avec l'assurance d'un paquebot transatlantique et appartenait à ce genre de filles qui transforment les hommes en vieux chiffons mouillés.

Au départ, ils fumaient des cigarettes, le sourire carnassier, assis jambes écartées dans le canapé de son studio, et puis, au bout de quelques semaines, ils avaient le teint vitreux et du brouillard dans les yeux. Quand je demandais à Julia des nouvelles de l'un de ses soupirants, elle haussait un sourcil parfaitement dessiné, comme si elle ne voyait pas de qui je voulais parler.

Il y avait eu, en particulier, un certain Thomas, un étudiant en médecine. Il était immense, avec un air équilibré et des mains de bûcheron. Julia avait un faible pour les hommes grands. On avait l'impression que l'idée d'avoir conquis tous ces muscles, ces poils, ces kilos de chair, l'emplissait de fierté, à la façon du chasseur qui ramène un gros sanglier. Quoi qu'il en soit, ce Thomas, avec sa bonne nature, avait fini par défoncer la porte de Julia à coups de barre de fer, avant de se battre avec toute une escouade de policiers et de finir au poste en train de sangloter comme un bébé.

Julia avait également un faible pour les vieux messieurs. Surtout les veufs. Comme ce milliardaire sénile à qui elle dispensait des soins à domicile. Quand elle l'avait trouvé, le premier jour, avachi dans un peignoir crasseux au fond d'un vieil appartement, il tremblait si fort qu'il ne pouvait plus tenir un stylo. Il avait une lueur affolée dans l'œil, et regardait avec anxiété le matériel électronique qui l'entourait, comme si le répondeur, le micro-onde et la télévision constituaient un arsenal redoutable menaçant de lui exploser à la figure à tout instant. Le deuxième jour, il avait sorti une jolie cravate de soie qu'il avait miraculeusement nouée autour de son cou. Le troisième jour, il l'emmenait dans un restaurant russe, où, sur une banquette en velours râpé, il lui lécha consciencieusement le fond de l'oreille.

Avec Julia, les hommes n'avaient aucune chance. Ils finissaient presque toujours par la considérer comme un fléau de Dieu, envoyé sur terre pour ravager leur vie à la façon d'un nuage de sauterelles lâché sur un champ de fleurs.

Alors ce n'était pas ce David, avec ses lunettes de soleil à la taille inversement proportionnelle à celle de son sexe, qui allait changer le cours des choses.

4.

À neuf ans, je découvris la vivisection.

Julia était mon soleil, et je tournais autour d'elle comme un satellite.

Pendant que mon père et sa mère noyaient leur chagrin dans l'alcool ou les médicaments, nous étions livrées à nous-mêmes, dans une vie où rien ne nous était interdit.

Nous galopions dans le jardin, nos jambes maigres sortant de nos bermudas, telles deux exploratrices lâchées dans la nature. Nous organisions des courses d'escargots sur nos ventres, en traçant la ligne de départ sur le nombril et la ligne d'arrivée sur la poitrine. Nous avions découvert le frisson du jeu : il s'agissait de parier sur un favori, comme le père de Julia avait l'habitude de le faire aux courses hippiques. Mon amie avait même subtilisé les jumelles paternelles pour suivre la progression des coureurs. Les lunettes vissées aux yeux, elle suivait les escargots, à quelques centimètres de mon ventre en hurlant des encouragements.

Pour prouver notre amour et notre désintéressement, nous mettions en jeu nos biens les plus précieux. J'avais ainsi perdu mon livre sur les animaux d'Océanie.

Puis Julia avait joué sa paire de patins. Le geste ne manquait pas de panache, sachant qu'elle s'était prise de passion pour la danse sur glace et dormait souvent ses patins aux pieds.

Elle avait perdu. Son escargot avait refusé de participer à la compétition. Il avait rejoint l'herbe par le chemin le plus court, laissant une traînée baveuse sur ma hanche. Julia avait balancé ses patins dans les airs. J'avais voulu les lui rendre. Elle m'avait regardée avec mépris et était rentrée chez elle.

Je ne la revis plus durant plusieurs jours.

J'étais inconsolable. J'errais dans le jardin en serrant Barnabé entre mes doigts. Je faisais de la balançoire, le regard vide, en murmurant des prières. Je suppliais Dieu de me rendre celle que j'aimais. Je lui promis de sacrifier tous mes escargots. Je jurai de ne plus manger de petits Suisses à la fraise jusqu'à la fin de mes jours et d'être gentille avec ma mère. J'étais prête à tout. Je balançai mes escargots dans le bassin. Ils ne coulèrent pas. Je jetai tout un pack de petits Suisses dans la poubelle, les yeux fermés, en prononçant des formules magiques.

Mon père finit par recevoir un coup de fil de la mère de Julia. Elle lui demanda poliment de rendre les patins. Sa fille ne dormait plus, refusait de s'alimenter et se roulait par terre en poussant des cris.

Au départ, elle avait refusé de donner des explications. On crut que Julia ne supportait pas le départ de son père. Elle finit tout de même par avouer que j'avais « volé sa paire de patins ». Mon père récupéra l'objet du délit, planqué sous mon lit. Il me lança un regard plein de tristesse, comme si j'étais perdue pour la société.

Julia revint la semaine suivante. Elle me tendit mon livre sur l'Océanie, la tête haute. Elle ne souriait pas. Je ne fis aucun commentaire. Je la regardais, le cœur battant. Je ne lui en voulais pas. J'ai toujours eu un faible pour les femmes souffrant des nerfs.

Mais j'étais inquiète. Julia était rongée par un mal mystérieux qui se manifestait par des accès de rage et lui faisait perdre tout contrôle. Le patinage artistique, par exemple, la mettait dans un état effrayant.

Elle se levait la nuit pour suivre les championnats du monde à la télé, diffusés du Canada ou d'URSS. Elle était subjuguée par les pirouettes des patineuses en robe à volants et, surtout, par leurs entraîneurs, ces grosses dames blondes en manteau de fourrure. Leur œil glacial et leur accent russe la faisaient frissonner de plaisir. Elle avait supplié sa mère de lui offrir des cours, se jetant sur la moquette, à genoux et les mains jointes comme une petite martyre dans la fosse aux lions.

Chaque semaine, elle enfilait un justaucorps bleu et s'élançait sur la glace avec un ravissement proche de l'extase. Son professeur portait des manteaux en acrylique et roulait les « r » comme les entraîneurs russes de la télé. Elle s'appelait Dolores. Julia était persuadée qu'elle avait débarqué tout droit de Moscou pour la conduire aux championnats du monde.

Elle la vénérait comme une idole sévère mais juste.

Son bonheur aurait été absolu s'il n'y avait eu Odile, une blonde de onze ans qui sautillait sur la glace comme un elfe gracieux. Son professeur à elle était encore plus russe que Dolores : en plus d'un faux vison, elle portait une chapka. Elle lançait ses recommandations d'une voix grave sans appel, comme on parle à un chien de garde. Imperturbable, la reine des patins virevoltait autour d'elle, en faisant voleter sa jupette.

Julia ne supportait pas cette rivale qui alignait les boucles piquées la bouche en cœur. Je ne comprenais pas ce qu'elle lui trouvait. À mes yeux, Odile n'était qu'une pin-up vulgaire ; elle avait peut-être plus de technique, mais elle n'aurait jamais ce mystère et cette sensualité qui se dégageaient de Julia comme des ondes de choc.

Un jour, Odile disparut. Julia demanda aussitôt de ses nouvelles. Dolores lui annonça froidement qu'Odile avait été repérée par un entraîneur qui la destinait à une carrière olympique, parsemée de médailles et de bouquets lancés à ses pieds.

À partir de ce jour, Julia sombra dans le désespoir. Elle venait chez moi, mais son esprit n'était pas là. Elle avait des cernes bleus sous les yeux. Elle marchait en traînant les pieds. Quand je lui présentais mon numéro de dressage de Barnabé, avec Pierre qui m'assistait vêtu de sa cape de Superman, elle tripotait sa robe, lointaine. Son regard passait à travers moi, comme si j'étais transparente.

Je recommençai à prier Dieu. Mais Dieu ne m'entendait pas.

Ce furent les autopsies qui nous sauvèrent.

Un jour, nous découvrîmes un oisillon, au pied d'un chêne. Julia se pencha, en haussant ses jolis sourcils. Une lueur s'était allumée dans son regard. Elle saisit le cadavre entre ses doigts et l'agita sous mon nez. Il avait un long cou gluant. J'avais un peu envie de pleurer.

— Je voudrais bien le découper, me dit Julia.

Nous subtilisâmes un couteau suisse dans le bureau de mon père. Assises en tailleur au fond du jardin, planquées derrière un buisson de ronces, nous plongeâmes nos mains dans les secrets de l'anatomie. Julia tranchait le petit corps rose, l'air concentré. Du liquide grisâtre coulait sur sa robe. Je fus emballée.

Finalement, nous enterrâmes les restes de l'oisillon dans une boîte à chaussures, avec Pierre qui frappait solennellement sur son petit tambour. Nous avions creusé un trou avec des pelles en plastique, puis en file indienne, nous avions lancé une poignée de terre sur le cercueil en carton.

Nous transformâmes ma chambre en laboratoire. Vêtues l'une et l'autre d'une chemise blanche paternelle, nous lacérions des sauterelles, des lézards et une fois, un cadavre de souris.

— Scalpel, ordonnait-elle, un foulard Hermès de maman autour du nez.

— Scalpel, répétais-je, en lui tendant l'instrument.

Les spécimens finissaient en bouillie. On aurait dit deux prêtresses célébrant une messe satanique.

En public, nous redevenions des petites filles normales, conscientes qu'il valait mieux cacher notre goût du carnage. Mais Julia faillit nous perdre : dans son école privée, fréquentée par des filles de bonne famille, elle avait voulu faire son intéressante en découpant une grenouille morte, discrètement subtilisée dans la salle de biologie. Pendant une récréation, elle avait dépecé l'animal aux ciseaux, sous le regard médusé de ses camarades. La maîtresse était accourue pour disperser les troupes. Elle fixait Julia, atterrée, ne sachant que faire de cette folle sanguinaire en jupe plissée.

La directrice avait convoqué Mme Lambert, qui était arrivée les yeux rouges, emmitouflée dans une pelisse en renard. Elle s'était laissée tomber sur une chaise, avec un air de souffrance. Elle avait tout déballé, le départ de son mari, l'agressivité de sa fille, les anciens amis qui n'appelaient plus. La directrice essaya d'évoquer l'état psychologique de Julia, mais Mme Lambert ne voulait rien entendre.

La directrice renonça à virer Julia. Elle renonça également à rouer Mme Lambert de coups de pieds, et pourtant, Dieu sait qu'elle en avait envie.

Julia s'en tirait bien. Mais sa mère se mit à la surveiller de près. Elle l'obligea à reprendre le ballet et lui faisait répéter ses leçons de solfège. Elle guettait le moindre geste suspect, comme un inspecteur traque un assassin repenti, persuadé qu'il va récidiver un jour ou l'autre. Mais Julia ne commit plus l'erreur d'exercer sa science en public. À la maison, elle enfilait docilement son tutu, faisait ses gammes, jouait à la dînette. Le week-end, elle filait chez moi, avec, caché dans son cartable rose, un couteau de cuisine bien aiguisé.

Je finis par me lasser des autopsies. J'aimais

mieux jouer avec des lézards vivants, plutôt que de leur ouvrir le ventre. Julia, elle, continuait de parfaire son art.

— Julia, viens, on va voir les têtards, dans le bassin. Ils sont nés hier, ils sont tellement mignons…

Les mains plongées dans les entrailles de sa dernière victime, elle ne relevait même pas la tête.

Bientôt, je refusai de l'assister dans ses travaux pratiques. Elle en parut attristée, mais trouva de nouveaux auxiliaires parmi ses admirateurs. Très vite, les petits garçons du coin lui apportèrent toutes les bestioles crevées qu'ils dénichaient. Quelquefois, elle leur faisait manger un cafard ou le poisson rouge qu'ils venaient de lui offrir, mais le plus souvent, elle sortait ses instruments et se mettait au travail. Transis d'amour, ses soupirants restaient plantés là, se tamponnant le front et se retenant de vomir.

En public, Julia affichait toujours le même calme élégant, mais, dès qu'elle enfilait sa blouse de professeur, elle devenait surexcitée. Je m'extasiais devant son savoir-faire : désormais, elle maniait la lame avec la dextérité d'un ponte de la chirurgie.

Elle avait renoncé à ses leçons de patinage. Elle m'avoua avoir découvert sa vocation.

— Quand je serai grande, je serai médecin légiste, m'annonça-t-elle en bombant le torse.

5.

Les jours qui suivirent ma rencontre avec le nudiste, je passai mon temps en expéditions. J'enfilais un treillis, je glissais une boîte de corn flakes, une gourde et un paquet de Marlboro light dans mon sac à dos, et je partais ramper dans le jardin.

J'étais une exploratrice, perdue au fin fond de la jungle guyanaise, à plusieurs jours de marche du premier village. Je prenais des notes, j'observais la faune. J'étais aux aguets. Il fallait échapper aux caïmans à lunettes, des monstres de six mètres de long, aux serpents constricteurs qui vous gobent vivante, aux crotales, aux mygales, aux scorpions gros comme des homards, aux moustiques gorgés de malaria, aux vers macaques qui pondent des larves sous la peau, aux jaguars, aux Indiens et à leurs flèches de curare. Il y avait aussi les maladies tropicales, la dengue qui vous tombe dessus comme une petite fièvre et vous rend fou en moins de vingt-quatre heures, le paludisme, la grippe espagnole, la colite chronique, et toutes sortes d'autres affections qui vous transforment en chose hagarde la première semaine et en cadavre desséché la suivante.

Pendant plusieurs jours, j'avançai, seule, dans la nature hostile. Je tranchais les lianes et les roseaux, sous le regard curieux des cacatoès. Je me baignais dans les bras du Maroni grouillant de piranhas. Je fumais des cigarettes en écoutant les feulements lointains du jaguar. Quelquefois, mon père traversait mon champ visuel, un verre d'orangeade à la main, avec son air de petit garçon étonné.

— Téléphone, Louise. C'est Julia.

Je secouais la tête, en agitant ma machette.

— Je suis occupée. Dis-lui que je la rappelle.

L'anaconda. Personne n'avait réussi à le capturer. On ne comptait plus les explorateurs qui s'étaient lancés à sa recherche, avec leurs fusils et leurs sourires de vainqueurs, et que l'on n'avait jamais revus. Il y avait eu ces deux hippies finlandais qui voulaient vivre nus dans la forêt et qui avaient été gobés alors qu'ils faisaient des cochonneries au-dessus de la tanière du serpent. Et aussi, une équipe de bûcherons philippins, des chercheurs d'or brésiliens, un botaniste hongrois, un Témoin de Jéhovah, une troupe de guérilleros du Chiapas, un trafiquant colombien et tous ses gardes du corps, un orchestre complet de mariachis, pffffuit, avalés.

Mais j'étais confiante. J'allais finir par l'avoir.

J'aimais la solitude de ces contrées. À cette époque, on ne croisait aucun Blanc en Amazonie – hormis mon père. Les seuls êtres humains avec lesquels j'entrais parfois en contact étaient les Indiens Yapo-Yapo. Quand je traversais l'un de leurs villages, ils m'accueillaient comme une divinité. Ils m'appelaient « la déesse aux cheveux d'or » et les meilleurs guerriers, de beaux garçons tatoués aux muscles luisants, me demandaient ma main. Ils me couvraient de cadeaux, peaux d'ocelot, pierres magiques et coiffes en plumes d'aras. Le soir, nous mangions du gigot de paresseux puis nous fumions la pipe qui fait voyager dans le monde des rêves.

Un jour, alors que j'étais en train de mâchouiller des plantes hallucinogènes en compagnie du chef Yapo-Yapo, à l'abri derrière un buisson, j'avais eu la désagréable sensation d'être épiée. J'avais levé les yeux, la bouche pleine.

Il était là, devant moi. Il portait un jean délavé, et une chemise légère, presque transparente, qui flottait sur son torse. Ses cheveux noirs tombaient toujours dans ses yeux.

— Bonjour.

Je lançai un regard affolé derrière lui, comme si je mesurais mes chances de pouvoir m'échapper.

— Tu pars en safari ?

Il souriait. Il avait des yeux noirs comme le fond d'un puits. Je secouai la tête de gauche à droite.

Au bout d'un temps qui me sembla interminable, il sortit un paquet mou de Lucky Strike de la poche arrière de son jean, et me le tendit. J'attrapai une cigarette. Il l'alluma puis se remit à me fixer. Il était beaucoup plus grand que dans mon souvenir. Sa mâchoire, recouverte d'une barbe naissante, avait des reflets bleutés.

Il se pencha vers moi. Sa chemise bâillait et je vis quelques poils noirs qui ondulaient sur sa poitrine.

— On va faire un tour ?

Je levai les yeux. Il me tendit la main, agrippa la mienne et me tira vers le haut d'un geste assuré. Je n'avais toujours pas prononcé un seul mot.

Il m'avait fait monter dans une vieille Renault 5 qui puait la sueur et le tabac froid. J'avais eu l'impression de pénétrer un territoire dangereux. Lorsqu'il avait démarré, j'avais ressenti une sorte d'exaltation, comme si j'étais victime d'un kidnapping. À travers le pare-brise, le paysage m'était apparu entièrement neuf.

Il conduisait avec des gestes souples. Je voyais ses mains glisser sur le volant. Les manches de sa chemise étaient roulées sur ses bras.

— C'est Julia qui t'envoie ?

Il cracha un nuage de fumée et disparut dans un brouillard bleuté.

— Pas vraiment.

Il tourna la tête vers moi et sourit.

Il s'était arrêté devant un café avec des tables en plastique, un endroit où Julia et moi n'aurions jamais mis les pieds, posé sur le bord de la route comme une grosse boîte en verre surmontée d'une enseigne fluo.

Nous n'avons presque pas parlé. Il s'est excusé « pour la dernière fois », en tapotant une Lucky Strike contre le bord de la table, puis m'a demandé si je voulais « autre chose » – ce qui m'a un instant affolée, cet « autre chose » résonnant dans mon esprit embrumé comme une série d'options terrifiantes, telles que de monter dans une chambre d'hôtel et d'ôter tous nos vêtements.

Je m'agrippais à mon Coca. Je transpirais. Je me souvenais du rire bête de Julia.

Il me regardait avec ces yeux qui vous mettaient mal à l'aise, des yeux qui, je le découvrirais plus tard, avaient fait beaucoup de victimes avant moi. Personne ne résistait à ce regard-là. Ni sa mère, ni les filles, ni le prêtre de la paroisse du quartier où il avait grandi. *Personne.*

Même Dédé la Balafre, le caïd de Belleville, qui avait l'habitude de balancer des machines à laver par la fenêtre sur la tête des inspecteurs de police, avait été impressionné. Au lieu de lui envoyer son célèbre uppercut gauche dans le foie, il lui avait offert un café.

Mais à cette époque-là, je n'imaginais pas une seconde ce que pouvait être la vie de David. Les fesses collées à une chaise en plastique, je me contentais de fixer sa petite cicatrice au-dessus du sourcil. J'avais l'impression de n'avoir rien vécu. Ma vie était une sorte de dessin animé où les garçons ressemblaient à des enfants et ne dégageaient pas des effluves animales comme un parfum vénéneux.

Il me demanda poliment ce que « je faisais dans la vie ». Je lui avais parlé de mes études de biologie, de mon intérêt pour les serpents et il avait conservé son air impassible. Il affirma « travailler dans le textile ». Mais, peut-être parce qu'il ne pouvait pas mentir à une femme, ou simplement parce qu'il se détendait, il vida son pastis puis ajouta : « Sinon, je fais de la boxe, aussi. » J'ai dit : « Ah ! oui ? » d'une voix neutre, puis j'ai nerveusement mordillé ma lèvre inférieure.

Ce soir-là, vêtue d'une simple culotte en coton, je m'étais regardée dans la glace de la salle de bain. J'avais relevé mes cheveux et mis du rouge à lèvres. J'avais allumé une cigarette. J'avais saisi mes seins dans mes mains et, la bouche ouverte, j'avais laissé la fumée s'échapper à la façon de Linda Evangelista sur une couverture de *Vogue*.

« Ce serait bien que tu penses à appeler Julia. »

Il avait dit ça d'une voix claire, presque autoritaire. Toute droite à côté de la voiture, devant le portail, j'avais acquiescé. Puis, j'étais partie vers la maison, sans me retourner, en essayant de garder une démarche indifférente.

Julia avait toujours peur de me perdre. Quand nous avions dix ans, elle m'avait planté une aiguille dans le bras parce que je lui avais parlé de Sophie, une fille de ma classe qui m'avait invitée à venir voir son aquarium tropical. À quinze ans, elle m'avait écrit une lettre mélodramatique, qu'elle avait signée de gouttes de sang séché, juste parce que j'allais quelquefois dormir chez Yukiko, une petite Japonaise neurasthénique. À dix-sept ans, elle m'avait avoué qu'elle pensait souvent à ma mort. Le soir dans son lit, elle visualisait tous les détails de mon enterrement, le corbillard, le cercueil, sa robe à elle, en dentelle noire, et la poignée de terre qu'elle jetait dans la tombe. Enroulée dans son drap, elle sanglotait, en proie à une exaltation terrifiante.

Quand je lui avais annoncé mon intention de poursuivre mes études à Paris, trois ans auparavant, elle avait pleuré sans discontinuer pendant trois jours. Elle avait raté son bac, je l'avais décroché avec mention bien. Nous allions être séparées par la cruauté du destin scolaire. Rien ne pouvait lui sembler plus absurde. La veille de mon déménagement, avec le petit rasoir qu'elle utilisait pour se raser les jambes, elle s'était mis dans la tête de me graver un J sur le bras. J'avais refusé, nous n'avions plus douze ans. Elle m'avait plaquée contre le lit, avec la lame qui étincelait entre ses doigts et je lui avais mis un coup de pied dans les côtes.

Au bout du compte, je la laissai entailler la chair de mon pouce. Elle fit de même avec le sien, et sous son regard triomphant, nous mêlâmes nos sangs. L'année suivante, elle téléphona tous les soirs pour me demander qui je voyais.

Je ne voyais personne. J'avais vaguement espéré que les études de biologie me permettraient de rencontrer des alter ego, des jeunes gens timides avec des lunettes qui passaient leur temps plongés dans des guides consacrés à la reproduction des insectes. Mais si de tels étudiants existaient, je ne les ai jamais rencontrés. Peut-être avaient-ils développé d'exceptionnelles facultés de camouflage, à la façon de certaines crevettes australes, créatures si vulnérables qu'elles sont devenues, au cours de l'évolution, totalement translucides.

Les universitaires que je découvris semblaient appartenir à une tout autre espèce. Il n'y avait pratiquement que des garçons. Ils avaient des vestes en jean et des sourires pleins d'assurance. Ils se déplaçaient sans hésiter d'une salle à l'autre, leur pochette sous le bras. À la fin des cours, ils rassemblaient leurs affaires et se dispersaient dans les couloirs en quelques secondes, comme des cafards dans la tuyauterie d'une salle de bain. Et moi je restais là, perdue dans un labyrinthe d'allées, d'escaliers et de salles vides qui sentaient le moisi.

Avant les cours, je cramais mes cigarettes devant la fac de sciences, la dernière lettre de Julia dans la poche de mon blouson, pour me donner du courage. Je regardais le bâtiment, un long blockhaus en béton, et il me semblait parfaitement adapté pour des séances de torture à l'électricité.

Le soir, je rejoignais mon studio que j'avais transformé en jungle miniature. J'avais mis des plantes partout. Des ficus, des palmiers, des orchidées, et même un jeune baobab en pot qui avait dépéri en quelques semaines avant de se transformer en petit tas de branches ratatinées, à l'image de mon cœur desséché. J'avais également emmené Barnabé IV, mon lézard préféré.

Il avait tenu huit jours. Je l'avais trouvé, tout blanc, le ventre en l'air, flottant dans l'évier.

Je m'étais juré de ne pas le remplacer. Mais, dans une animalerie des quais de la Mégisserie, j'étais tombée nez à nez avec un boa émeraude. Il avait des yeux de jeune fille mélancolique ; je l'avais adopté.

Cette année-là, Julia réussit son bac avec une moyenne de 11 sur 20, résultat qui laissa tout le monde perplexe. Je ne pouvais m'empêcher de penser que seul l'amour avait pu lui donner la force de réaliser cet exploit. Tel Thésée défiant le Minotaure, elle avait terrassé des matières obscures et angoissantes comme les mathématiques ou la philosophie, juste pour mes beaux yeux.

Elle s'installa donc à Paris, dans un studio qui ressemblait à un placard mais avait l'avantage de se trouver à deux rues de chez moi. Elle avait décidé de faire médecine, mais réalisa rapidement que ce cursus demandait un esprit de renoncement qui ne collait pas à sa vision de l'existence. Il fallait étudier nuit et jour, déchiffrer des ouvrages lourds comme des enclumes auxquels son cerveau, ennemi de l'ordre et de la logique, était absolument réfractaire. Malgré les séances de dissection d'organes humains qui lui permettaient de renouer avec les joies naïves de son enfance, Julia renonça.

Elle s'inscrivit dans une école d'infirmières, et se réconcilia avec la vie en copulant avec les quelques mâles égarés dans l'établissement.

Mais en réalité, Julia avait un rêve secret : devenir actrice. Ou plutôt, devenir une star, ce qui, à ses yeux, signifiait essentiellement aller au festival de Cannes avec des malles géantes et recevoir des lettres de fans lui déclarant qu'elle avait donné un sens à leur existence. Pour y parvenir, elle prenait des cours de théâtre avec une bande de jeunes bourgeois qui déclamaient Shakespeare avec un manque de conviction remarquable. Ils promenaient leurs silhouettes osseuses dans les couloirs de l'école, avec la nonchalance propre à la vie de bohème et fumaient sans arrêt en essayant de se convaincre qu'ils n'auraient pas à faire comme tout le monde : travailler, prendre le métro, ouvrir un compte épargne-logement, avoir des enfants et voir ses rêves éclater les uns après les autres comme des bulles de savon.

Julia était vraiment douée. Sur la scène, elle irradiait. Je la regardais, le cœur battant. Elle était semblable à un ange noir, avec des ailes transparentes et un sourire lubrique. Elle me protégeait de la vie à coups de baisers et d'anxiolytiques volés dans les armoires de son école.

David avait raison. Il fallait que j'aille la retrouver.

Le lendemain, j'avais enfilé un bermuda et j'étais partie chez elle. Sur le trottoir, mon ventre faisait des bruits d'évier qui se vide, comme si je m'attendais à les surprendre, nus sur la pelouse. J'imaginais Julia entortillée autour du corps de David comme une branche de lierre, et je sentais mes jambes me lâcher.

Mais je la trouvai dans une jupe grande comme un mouchoir, toute seule, assise sur une chaise en plastique, en train de manger une glace à la fraise.

Elle leva la tête et je vis de la gratitude dans son regard. Elle tendit les bras vers moi, à la façon d'une petite fille qui reçoit un cadeau, puis me barbouilla l'épaule de glace rose pâle.

— Tu m'as manqué, trésor.

Elle m'entraîna sur le bord de la piscine, me tendit une chaise longue, puis s'allongea par terre, en s'appuyant sur un coude.

— Alors, comment tu le trouves ?

— Il a l'air gentil.

— Gentil ? Tu rigoles. C'est un tueur !

Ses yeux brillaient. Je me mis à gratter un bouton de moustique sur ma cuisse, l'air concentré.

— Ça fait longtemps que t'es avec lui ?

Elle haussa les épaules. Fit gicler ses sandales l'une après l'autre.

— Oh ! je sais pas, j'ai pas compté. Deux mois, un truc comme ça...

Sur ma cuisse, le bouton s'était mis à saigner.

Elle l'avait rencontré dans une boîte. Elle buvait un gin tonic avec un étudiant en médecine qui tentait de l'impressionner en décrivant les cœurs humains qu'il découpait comme des steaks. Tandis qu'elle jetait des regards las pardessus son épaule, elle avait vu un type brun, près de l'entrée, qui filait des coups de poings au videur. Il sautillait de tous les côtés, comme un boxeur. Soudain, il avait balancé un coup de tête, puissant, et le sang s'était mis à couler du nez de son adversaire. Julia avait sauté de son tabouret.

Le videur avait la tête dans ses mains. De près, le brun ressemblait à un mafioso italien, « genre Al Pacino dans *Scarface* ». La paupière de son œil droit était gonflée.

Les mains sur les hanches, dans sa minijupe, Julia s'était plantée devant lui.

— Je suis infirmière.

Ses lèvres étaient contractées en une moue boudeuse.

— Il faudrait s'occuper de cet œil.

Il l'avait regardée, avait secoué la tête. Il semblait de mauvaise humeur.

— Tu crois pas qu'il en a plus besoin que moi ? avait-il dit en montrant le type dont le visage était couvert de sang.

Elle avait sorti une cigarette de son petit sac doré.

— Oh ! non. Le nez, c'est toujours impressionnant, ça pisse le sang, mais en fait, c'est souvent rien du tout.

Elle lui avait tendu son paquet de *Vogue*. Il l'avait fixée avec des yeux qui lui donnaient l'impression d'être toute nue.

Depuis ce soir-là, elle le voyait de temps en temps. Il apparaissait sans prévenir, se matérialisant à sa porte, au milieu de la nuit, avec la tête d'un type qui a des ennuis. Julia adorait cette tête-là.

— On dirait toujours qu'il vient de braquer une banque.

Alors, elle l'attendait en regardant par la fenêtre, comme une femme de pêcheur guettant le retour des chalutiers.

La plupart du temps, il ne venait pas. Elle n'avait pas l'habitude. Elle était persuadée qu'il voyait d'autres filles. Cette idée lui donnait des petites décharges électriques dans la colonne vertébrale et une sorte de rage de vaincre, comme si elle était sur la ligne de départ des championnats du monde d'athlétisme.

À elle aussi, il avait déclaré « travailler dans le textile ». Mais Julia était convaincue qu'il menait une vie louche, pleine de magouilles, de bagarres à mains nues et de types tatoués. Elle en parlait avec une voix aiguë que je ne lui connaissais pas. Elle s'interrogeait sur la réalité de ses occupations – « Tu crois qu'il a déjà tué un homme ? » – et ses yeux s'allumaient comme les phares d'une voiture.

— Qu'est-ce que t'en penses ? Tu crois qu'il a fait des trucs vraiment graves ?

J'avais haussé les épaules.

— Je sais pas, moi. Si ça se trouve, il est juste vendeur dans une boutique de fringues.

Elle m'avait lancé un regard outré.

— Non, tu rigoles là ? T'as vu ses yeux ?

— Je suis désolée, il a tout à fait les yeux d'un vendeur.

— Tu l'as pas bien regardé, ou quoi ?

— Écoute, je crois qu'un type qui fait des trucs vraiment graves, comme tu dis, c'est un type discret. Ce n'est pas le genre de personne qui se baladerait tout nu dans ton jardin, par exemple.

Elle avait gloussé.

— Ouais, moi aussi, ça m'a étonnée.

À ce moment-là, nous nous étions tues, saisies par la vigueur du souvenir.

— T'imagines Lino Ventura à poil sur la pelouse ?

Julia avait éclaté de rire. Elle battait des mains comme une otarie.

Était-ce l'air chaud et humide qui infectait nos poumons, infiltrait les pores de notre peau et s'engouffrait dans nos narines comme un philtre empoisonné ? Étaient-ce les grillons qui chantaient l'amour tels des crooners fous ? Le soleil qui nous chauffait les sens et faisait fondre nos cervelles comme du caramel mou ?

Cet été-là, dans la maison de Julia, toutes les femmes semblaient frappées d'une étrange maladie. Nous étions en proie à des rêveries fiévreuses, des songes qui mettaient en scène des corps moites et emmêlés. Même si nous restions allongées au soleil, transpirantes, la majeure partie de la journée, que nous déplacions nos pieds comme des poids morts, à l'intérieur de nous-mêmes, nous étions agitées. Depuis le passage éclair de David, qui était resté vingt-quatre heures avec nous avant de regagner Paris « pour travailler », Julia et moi passions notre temps à regarder dans le vide en souriant. Derrière nos lunettes noires, nos esprits voyageaient dans les mêmes contrées, quelque part où, entourés d'une horde de filles lascives, les hommes portaient des pistolets mais pas de slips.

Mais la victime la plus inattendue – et la plus sévèrement atteinte – était Mme Lambert. Quand elle était arrivée, au volant de sa Mercedes gris métallisé, je ne l'avais pas reconnue. Un détail m'avait perturbée : ses cheveux. Ils flottaient sur ses épaules. Depuis que je la connaissais, je ne l'avais jamais vue qu'avec un petit chignon serré. Une fois, elle s'était fait couper les cheveux, mais ça n'avait rien changé. On avait l'impression que le coiffeur s'était contenté de prendre le chignon entre ses mains et de le sectionner d'un coup sec, comme on cueille un fruit mûr.

Mais ce jour-là, au volant de sa grosse berline, la crinière au vent, elle paraissait aussi sauvage qu'une amazone. Je lançai un regard d'incompréhension à Julia, qui fixait la voiture avec lassitude.

Mme Lambert fit claquer la portière avec une énergie surprenante.

— Salut, les filles !

Elle s'approcha de moi et me prit dans ses bras.

— Je suis contente de te voir, Louise. Tu as bonne mine !

— Merci. Vous aussi.

Elle rit, puis fila à l'intérieur de la maison en gambadant comme une jeune biche.

Mme Lambert n'était pas ce genre de femme. Elle s'occupait de sa maison, maîtrisait l'art des compositions florales et se nourrissait de salade verte. Elle ne sautillait pas comme un animal des bois. Depuis que je la connaissais, Mme Lambert transpirait la tristesse et la résignation comme un parfum poudré. Son union avec l'éblouissant M. Lambert avait toujours constitué un mystère pour tout le monde, et, semble-t-il, pour elle aussi.

Pourtant, j'avais vu une photo d'elle à dix-huit ans qui m'avait stupéfiée. Elle portait une robe noire bien coupée et ressemblait à sa fille de façon saisissante. Elle avait un visage parfait, des sourcils magnifiquement dessinés et la moue des êtres convaincus de leur supériorité. Elle regardait l'objectif avec l'air de dire : « Vous n'êtes que des chiures de mouches. » Sans doute, M. Lambert avait-il été troublé par ces yeux qui avaient l'éclat des luxes inabordables. Sans doute n'avait-il pas l'habitude d'être envisagé comme un petit tas de déjections.

Quoi qu'il en soit, sur les photos de leur mariage, M. Lambert souriait comme s'il venait de décrocher la super cagnotte du loto. Mme Lambert, elle, ressemblait à un spectre dans sa robe ivoire et ne paraissait pas concernée par les événements. Elle était là, seule et digne dans la tourmente, comme une belle dame en robe du soir sur le pont du *Titanic* en train de sombrer.

Les années qui suivirent le départ de son époux, Mme Lambert se mit à forcer sur les médicaments. Elle prenait des pilules pour retrouver de l'énergie et des pilules pour se détendre quand l'énergie se manifestait avec un peu trop de fougue et qu'elle avait envie de tout fracasser dans la maison.

De loin, elle semblait encore hautaine et désespérément attachée aux valeurs de ce monde, mais, en réalité, elle avait juste envie de se mettre au lit en attendant la mort. On l'imaginait sans peine, étendue sur le dos, les bras croisés sur son cœur en train de murmurer : « Seigneur, viens me chercher, je suis prête. »

— Qu'est-ce qu'elle a ta mère ?

Julia avait reniflé avec dégoût.

— Elle se tape un pompiste, voilà ce qu'elle a.

— Elle *quoi* ?

— T'as très bien entendu. Tu veux une bière ?

Mme Lambert avait vu son destin basculer le jour où elle s'était arrêtée dans cette station-service au bord d'une autoroute normande. Elle se rendait au Touquet pour voir une vieille cousine. Alors qu'elle tendait sa carte bleue au jeune homme qui tenait la caisse dans une chemisette marron « Total », celui-ci avait posé sur le comptoir un ticket doré. Elle avait levé les yeux. Elle avait vu un grand brun aux cheveux courts, le regard aussi paisible qu'un lac helvétique. Il avait des lèvres charnues et un sourire encourageant.

— Il faut gratter, avait-il dit. Si vous avez trois étoiles, vous gagnez un voyage en Tunisie.

Il est difficile de savoir si Mme Lambert avait ou non regardé le jeune homme derrière la caisse comme une chiure de mouche, mais, alors que l'idée de passer une semaine dans un hôtel-club à Djerba la faisait frémir d'horreur, elle s'était mise à gratter frénétiquement.

Elle eut deux étoiles. Le grand brun paraissait déçu. Il farfouilla sous son comptoir pour en extraire une grosse pile de tickets.

— Si vous gagnez, on part ensemble, d'accord ?

Mme Lambert avait gratté tous les tickets, en proie à une excitation qu'elle n'avait plus ressentie depuis le jour où elle avait démoli à coups de manche à balai la collection de statuettes mayas de son mari enfui.

Finalement, elle avait gagné une tasse où était inscrit « Total » en lettres rouges. Pendant tout l'été, on la vit se promener du matin au soir avec cette tasse remplie de café, qu'elle portait à ses lèvres en poussant des petits soupirs.

Nous n'avons jamais su comment Mme Lambert et Jean-Luc, le pompiste, en vinrent à s'embrasser rageusement derrière le comptoir. Quoi qu'il en soit, Mme Lambert se mit à sillonner de plus en plus fréquemment l'autoroute A16, faisant vrombir le moteur de sa Mercedes et fonçant sur la voie de gauche, les cheveux lâchés et les mains crispées sur le volant.

Ce soir-là, Julia et moi avions descendu toutes les Heineken du frigo. Nous avions déposé dans l'herbe un transistor qui diffusait des airs hurlant l'amour, le désespoir et le rock'n'roll, et nous dansions dans la piscine en vidant des canettes à la chaîne.

Julia avait jeté son maillot sur le bord, je l'avais imitée. Le naturisme semblait s'imposer comme la grande tendance de la saison. Sautillant dans l'eau au soleil couchant, telles deux starlettes, nous chantions à tue-tête en tentant d'oublier que nos parents nous volaient une fois de plus notre jeunesse. Julia chantait toujours plus fort, en lançant des regards en direction de la chambre de sa mère. On voyait de la lumière à la fenêtre. Julia gigotait dans l'eau, et ses seins rebondissaient à la surface, comme s'ils voulaient, eux aussi, exprimer leur indignation.

Mais Mme Lambert n'apparut pas, et, au bout d'un moment, la lumière s'éteignit.

Julia avait frappé l'eau du plat de la main, violemment.

— On peut crever, c'est ça ?

J'avais haussé les épaules. Puis j'avais plongé dans les profondeurs de la piscine.

Je me sentais abattue. J'avais l'impression

qu'on m'avait oubliée sur le bas-côté, tandis que Mme Lambert et sa fille fonçaient sous mes yeux dans une grosse Mercedes, lancées à toute vitesse sur l'autoroute des femmes dont la vie existe ailleurs que dans leur tête.

À vingt et un ans, j'étais toujours vierge.

La nuit, je me consumais dans mon lit. J'enlevais ma culotte. J'enroulais mes bras autour de mon torse. Je déterminais les conditions idéales de ma première fois. Selon moi, elles consistaient à se retrouver étendue sur le sable froid d'une plage, ivre morte, à la sortie d'une boîte, avec un garçon qui puait l'alcool et vous manifestait sa passion dans un mélange de grandiloquence et de trivialité.

Mais le destin semblait décidé à me refuser cette faveur.

Au cours de ces longs mois, j'avais observé un garçon de mon cours avec terreur et adoration. Il avait des cheveux ébouriffés, comme s'il venait de se réveiller, une voix basse et une veste de velours. Il s'appelait Antoine et s'asseyait quelquefois à côté de moi.

Il avait l'habitude de me fixer avec un petit sourire. Je le trouvais arrogant, frimeur, superficiel et parfaitement envoûtant. Quand il était assis à mes côtés, que je regardais la bague en argent sur son majeur gauche, ou que je sentais « Drakkar Noir » qui s'échappait des manches de sa chemise, je me trouvais immédiatement propulsée sur cette fameuse plage, écrasée sous son poids, mon jean roulé sur les chevilles.

Un jour, je l'avais croisé dans la rue, près de la fac. Il m'avait saluée, d'une voix joyeuse. J'avais baissé la tête, avant d'accélérer le pas.

— Eh ! tu vas où comme ça ?

Je m'étais retournée.

— Au cours de Sciences nat.

— Tu veux pas prendre un café plutôt ?

— Non, merci. Une autre fois, si tu veux.

Je m'étais remise en route d'un pas lourd, laissant Antoine derrière moi, et avec lui, tous mes espoirs de pantalon chiffonné.

J'avais passé le reste de la journée dans un état d'hébétude, avec l'impression d'avoir senti sur ma peau le souffle de la passion, du sexe et de la mort.

Au cours des mois qui suivirent, je n'eus plus jamais l'occasion de friser ma première nuit d'amour de façon aussi spectaculaire.

Antoine traînait avec une créature longiligne à cheveux ondulés. Elle lui mettait la main entre les cuisses pendant les cours de biochimie moléculaire. Il ne s'asseyait plus jamais à côté de moi, mais de temps en temps, je surprenais son regard. Il me regardait, je le regardais, et dans ces instants d'intense communication visuelle, j'étais transportée par la beauté de notre histoire, cette aventure secrète et silencieuse, avec ce goût délicieux que laissent l'inachevé et la frustration.

Jusqu'à la fin de l'année, Antoine ne m'adressa plus la parole. Même si j'avais la satisfaction d'être la seule femme à lui avoir résisté sur cette terre, même si nous partagions des souvenirs optiques follement érotiques, d'un point de vue factuel, j'étais toujours vierge.

J'avais beau onduler sans maillot dans une piscine, comme une fille qui a l'habitude de montrer son corps sur les plages, je n'étais qu'une enfant.

Quand j'avais finalement émergé de l'eau noire, Julia était assise sur le bord du bassin, les genoux contre sa poitrine. Elle avait les yeux brillants, et ses fesses blanches ressortaient dans la nuit.

Je m'extirpai de l'eau en m'appuyant sur les bras, et je m'approchai d'elle, dégoulinante.

— Réponds-moi franchement, Julia. Tu trouves pas que je suis bizarre ?

Elle leva la tête. Elle semblait épuisée.

— Écoute, chérie, je suis morte, là. Tu veux pas qu'on aille se coucher ?

J'ai acquiescé, puis je l'ai suivie, toute nue dans l'herbe mouillée.

6.

À douze ans, je voulais embarquer sur la *Calypso*.

J'avais vu un documentaire sur une expédition de l'équipe Cousteau dans les îles Coco, au large du Costa Rica. Les bancs de requins marteaux et le vol des raies manta m'avaient hypnotisée. Je demandai à mon père de m'offrir toute la série des films du commandant au bonnet rouge.

Je tentai de sensibiliser Julia au monde du silence. Elle s'en fichait royalement.

— Regarde, là, le Longimanus, c'est un requin océanique, il va foncer sur les plongeurs !

Moue dédaigneuse. Elle faisait claquer la bulle de son Malabar.

Et moi, je nous imaginais, toutes les deux,

assises sur le pont, balançant les jambes au-dessus des vagues, à guetter les dauphins. Je nous voyais en combinaison de plongée, filant dans les profondeurs, à la recherche d'épaves de galions et de calamars géants.

Mais Julia avait d'autres préoccupations. Elle vivait une grande passion avec Mme Gaucher, sa prof de Sciences naturelles, dont les cheveux roux frisottant évoquaient un écureuil mort et qui faisait preuve d'un enthousiasme sans limites en matière d'assassinat animalier.

Elle avait organisé un génocide de grenouilles. Sous prétexte d'étudier les connexions nerveuses du cerveau, chaque élève se voyait confier un batracien vivant et devait lui enfoncer une aiguille dans le crâne. Les bestioles agitaient les cuisses dans des mouvements saccadés avant d'agoniser doucement, les yeux pleins d'une douloureuse incompréhension.

Chaque semaine, Mme Gaucher annonçait l'expérience du jour avec un sourire joyeux.

— Vous savez ce que je vous ai apporté aujourd'hui, les enfants ? Des yeux de bœuf ! On va les disséquer.

Les élèves se recroquevillaient sur leur chaise, sauf Julia, qui avait des tics nerveux dans les jambes.

Mme Gaucher avait trouvé sa fille spirituelle.

À cette époque, notre passe-temps favori consistait à « jouer à la prohibition ». On montait dans le dressing de ma mère, dont nous avions fait notre domaine. Vêtues des robes de cocktail maternelles, nous dansions le Charleston en buvant du whisky volé dans le buffet de la salle à manger.

On mettait de vieux disques, Julia bougeait comme une déesse.

— Tu danses, chérie ? me disait-elle langoureusement.

Je gigotais dans tous les sens en chantant faux, elle piquait des fous rires.

Et pendant que deux adolescentes goûtaient aux vertus euphorisantes de l'alcool, la mère de l'une et le père de l'autre sirotaient des cocktails sous les Tropiques.

Maman et M. Lambert voyageaient. Il faisait des affaires, elle s'achetait des robes. À l'heure de notre adolescence, Julia et moi suivions de loin les amours juvéniles de nos parents.

L'absence de ma mère ne me pesait pas, je ricanais de son immaturité. Julia n'affichait pas le même détachement. Lorsque nous recevions des cartes postales, le désespoir lui sautait à la figure.

— Ils sont à l'île Moustique, ils font de la plongée sous-marine, tu te rends compte ?

Julia avait sorti la bouteille de Jack Daniel's planquée dans le placard de la salle de bain, et en avait versé une rasade dans mon verre à dent.

— On va pas se laisser faire, avait-elle déclaré, solennelle.

Le lendemain, Julia avait mis un bikini sous son manteau bleu marine. Elle enfila un masque sur son front.

— Mets ton maillot de bain. On va faire de la plongée.

L'herbe était humide, des gouttelettes d'eau s'accrochaient aux feuillages. Nous poussions des cris sauvages. Des nuages de buée s'échappaient de nos bouches bleutées par le froid. Je me souvins de l'équipe Cousteau qui nageait sous la glace en Alaska.

Nous plongeâmes dans l'étang, palmes aux pieds, stoïques. Le froid m'envoya une décharge électrique.

Les fonds étaient boueux, les algues frôlaient nos jambes comme des tentacules de pieuvres. Mais nous vîmes un poisson. Une sorte de poisson-chat, avec des moustaches. Je hurlais sous l'eau. Julia rigolait dans son tuba en faisant des bulles.

Je sortis victorieuse. J'avais goûté à l'ivresse des profondeurs. Julia me lança un regard de fierté, la trace du masque incrustée sur son front.

Le soir même, j'écrivis une longue lettre, adressée à Jacques-Yves Cousteau, Musée océanographique de Monaco. Je lui demandais de nous embaucher comme mousses, Julia et moi. Je me couchai apaisée.

Quand maman et M. Lambert ne voyageaient pas, ils nous emmenaient de temps en temps, Julia, Pierre et moi, pour le week-end. Ils avaient un petit appartement à Paris, sur l'île Saint-Louis. Julia et moi prétendions détester ces réunions artificielles, ce qui ne nous empêchait pas de changer de personnalité à la seconde même où nous montions dans la Mercedes de M. Lambert. Julia portait toujours ses plus beaux habits, et se mettait à parler à toute vitesse en racontant des anecdotes qui prenaient quelques libertés avec la réalité.

Si elle avait abandonné le patinage artistique, Julia n'avait pas renoncé pour autant à ses rêves de gloire sportive. Un jour, à la télévision, elle était tombée sur une rediffusion d'une épreuve de gymnastique, lors des jeux olympiques de 1976, à Montréal. Elle avait été subjuguée.

Elle avait vu Nadia Comaneci, une Roumaine de quatorze ans, qui bondissait sur la poutre avec une élégance surnaturelle. Ensuite, elle atterrissait sur le tapis, et, les bras levés, saluait une foule en délire. Julia avait été particulièrement impressionnée par les gros plans sur le public dont les visages reflétaient l'éblouissement et la dévotion. Elle s'était aussitôt imaginée en justaucorps à paillettes, virevoltant dans les airs sous le regard de son père, les joues mouillées de larmes.

Julia ne se remettait pas du départ du grand amour de sa vie. Pendant ses premières années, il avait été son principal admirateur. Il la couvrait de cadeaux, l'exhibait devant tous les visiteurs comme un joli animal et l'appelait son petit amour. De son côté, elle le trouvait extraordinaire. Extraordinairement drôle, extraordinairement savant, extraordinairement beau. Ses regards éblouis l'emplissaient de fierté. Si son père, cet être sublime et spirituel était à ses pieds, toute la planète le serait aussi. Mais elle se fichait de la planète, elle attendait simplement d'être assez grande pour l'épouser, juste après l'entrée de sa mère en maison de retraite.

Mais un jour, il était parti.

La huitième merveille du monde avait pleuré, hurlé, cogné sa tête contre les murs, et n'avait même pas réussi à se faire remarquer. Depuis, elle attendait son heure pour reconquérir la place qui lui était due : la première marche du podium de la vie.

Elle avait supplié sa mère de l'inscrire à un cours de gymnastique. Après l'épisode du patinage, la perspective d'un nouvel épisode d'ego broyé n'enchantait pas Mme Lambert. Mais le torrent de larmes ne se tarissait pas et, dans son cœur, la lassitude l'emporta.

Tous les mardis, après l'école, Julia enfilait un nouveau justaucorps – bordeaux cette fois-ci, Mme Lambert ayant jugé que celui du patinage était chargé de mauvaises ondes – et tentait de décrocher cette chose impalpable qui lui faisait des signes, quelque part, là-haut, en lui promettant un destin plein d'amour et de pères extasiés.

Au bout de quelques semaines, le professeur de Julia téléphona à Mme Lambert pour la supplier de retirer sa fille de son cours.

— Elle n'est même pas fichue de faire une roulade arrière, et, quand on lui fait une remarque, elle pique des colères noires. Je ne peux pas gérer ce genre de situation.

Puis, elle s'était radoucie.

— Peut-être devriez-vous l'orienter vers la musique...

Assise sur la banquette arrière de la voiture de son père, Julia ne mentionna pas la seconde fin tragique de ses ambitions athlétiques. Elle préféra évoquer son premier saut périlleux arrière qui avait laissé le professeur sans voix.

— Toutes les élèves m'ont applaudie. C'était un peu gênant, ajouta-t-elle.

Pierre, qui l'avait vue arriver chez nous avec des yeux gonflés de grenouille et avait ensuite participé au dépeçage du justaucorps bordeaux à coups de ciseaux à ongles, regarda Julia en ouvrant la bouche. Je lui fis signe de se taire. Confiant, mon frère m'adressa un sourire où manquaient deux dents et se remit à jouer avec son cow-boy Playmobil.

Les efforts de Julia pour éblouir son père n'étaient pas concluants. Quand il nous retrouvait, M. Lambert était toujours un peu nerveux. Il nous regardait, elle et moi, avec l'air d'un homme qui doit dompter des bêtes sauvages. J'avais l'impression qu'il s'attendait à ce que l'une d'entre nous se jette par terre en hurlant ou se mette à le rouer de coups de pieds.

Son anxiété le rendait distrait et il conduisait n'importe comment, appuyant sur l'accélérateur brutalement ou oubliant d'allumer ses phares dans les tunnels.

Il lui aurait pourtant suffi d'un seul regard pour comprendre que nous étions inoffensives. Julia prenait une voix mielleuse et battait des cils comme une miss de concours. Quant à moi, j'essayais désespérément d'être désagréable mais je finissais toujours par caresser le bras de ma mère avec l'air de vouloir la consoler.

Durant ces week-ends, nous étions victimes de faiblesses sentimentales répugnantes.

Ma mère faisait des efforts pour s'intéresser à nous. Elle nous prenait dans ses bras, Pierre et moi, en nous répétant combien nous lui manquions. Elle nous regardait dans les yeux, secouait la tête et affirmait que la vie était mal faite. Quelquefois, elle se mettait à sangloter, à table, en bafouillant des excuses. M. Lambert se levait et la serrait contre sa belle chemise à rayures. Elle le repoussait sèchement, comme si elle ne lui pardonnait pas de lui infliger une existence aussi pénible.

Le vendredi était le jour des grandes lamentations. Généralement, elle retrouvait son sang-froid le samedi et perdait patience le dimanche, quand elle trouvait nos vêtements éparpillés dans l'appartement ou que mon frère refusait de terminer ses endives. Elle retrouvait son calme quand la voiture de M. Lambert se garait dans notre jardin, le dimanche soir. Elle ébouriffait nos cheveux et promettait avec un aplomb déroutant toutes sortes de vacances et de déménagements prochains. Puis nous rentrions, Pierre et moi, des traces de rouge à lèvres sur les joues.

En général, les semaines qui suivaient, je n'étais pas dans mon état normal. Je me mettais à écrire des poèmes désespérés et violents, que je déposais devant la porte de la chambre de mon père. Je refusais de manger, ayant décidé de devenir anorexique. Je me voyais déjà à l'hôpital, la peau translucide, les bras piqués de transfusions, entourée de médecins qui engueulaient ma mère avec de grands gestes indignés. Les couloirs de l'hôpital bruissaient de mon nom, on me plaignait, on louait mon courage. Puis, je me voyais allongée avec une couronne de fleurs dans un cercueil de verre, immortalisée par une photo à la une de *Libération*. En grandes lettres noires, on pouvait lire : « Une jeune plongeuse tuée par l'égoïsme de sa mère ».

Il y avait également un cliché représentant Jacques-Yves Cousteau, en combinaison de néoprène, qui me tenait par les épaules. Je portais un short en jean et un bonnet rouge. Je souriais à l'objectif. « C'était une océanographe exceptionnelle. Elle était comme ma fille », avait-il déclaré au journaliste.

Mon père ne fit jamais une réflexion, même s'il était évident qu'il avait remarqué quelque chose. Il se mit à cuisiner comme un dément. Des gratins, des plats en sauce, des assiettes de cochonnailles. On aurait dit qu'il s'était pris de passion pour la cuisine bavaroise. Mais j'étais une anorexique de pacotille. J'avais toujours faim, je devais me faire violence pour ne pas me jeter sur la nourriture. Mon estomac finit par reprendre le pouvoir, et papa rangea ses boîtes de saucisses.

Pendant que je m'évertuais à jeter ma détresse à la face du monde, mon frère ne paraissait pas s'émouvoir de la situation. Pierre était blond, avec une coupe au bol et des yeux d'écureuil. Il était petit, se promenait les mains dans les poches et semblait toujours content. Quand il souriait, sa joue gauche se creusait, formant une fossette qui lui valait les œillades charmeuses de la dame du tabac à qui il achetait des crocodiles mous.

Mon frère me vouait une sorte d'adoration trouble. Son principal objectif consistait à se jeter sur moi, le soir, dans mon lit, et à tenter de fourrer sa langue dans ma bouche en hurlant « Viens par ici, ma chérie », injonction qui sortait d'un film qu'il avait dû voir en cachette, un dimanche soir sur Antenne 2.

Il était secret et sa bonne nature semblait le préserver des chagrins de la vie. Néanmoins, à quelques reprises, j'eus la conviction que Pierre était animé d'une personnalité double, et qu'il était à la fois plus sensible et plus fourbe que ce que nous pouvions imaginer.

C'est avec notre mère que Pierre révélait l'ampleur de son machiavélisme. Lui qui ne se plaignait jamais avait une technique toute personnelle pour exprimer la colère qui avait envahi son petit cœur.

M. Lambert et ma mère nous avaient emmenés à Courchevel pour Noël. Pierre, dans une combinaison rouge de champion, filait sur la piste, ses cheveux trop longs flottant dans le vent. Soudain, nous le vîmes sauter sur une bosse à une hauteur déraisonnable pour un skieur débutant de neuf ans. Il rata son atterrissage et tomba violemment sur sa jambe gauche. Je le fixai, pétrifiée. Ma mère poussa un cri, mais Pierre se releva immédiatement, et reprit sa descente, sans même nous lancer un regard, en agitant ses bâtons dans les airs.

Pendant le reste de la journée, il fut encore plus silencieux que d'ordinaire, mais, souriant de ses lèvres gercées, ne laissa rien paraître qui pût évoquer la moindre souffrance.

Le lendemain matin, il ne put se lever. M. Lambert le porta dans ses bras et quand il le déposa dans la voiture, Pierre continuait de sourire bravement.

Le docteur Maubert diagnostiqua un déchirement des ligaments. Horrifié, il écouta Pierre lui raconter qu'il avait, après sa chute, « fait plein de schuss et de sauts ». Ensuite, il prit ma mère à part et, bien qu'il ait fermé la porte, nous entendîmes très distinctement ce qu'il avait à lui dire. Il ne comprenait pas qu'elle ait pu faire preuve d'une telle inconscience. Il utilisa le mot « criminel » et « n'importe quoi », ce qui acheva de me convaincre que le docteur Maubert était un grand homme.

Mon frère sortit de l'hôpital le soir même, avec un plâtre, une paire de béquilles et toute mon estime.

Un mois plus tard, on retira le plâtre de Pierre. La semaine suivante, il participa à un match de foot, dans la cour de l'école, et, alors qu'il plongeait pour rattraper le ballon qu'on envoyait dans ses buts, il se fracassa le bras droit.

Malheureusement, nous n'étions plus à

Courchevel. Le docteur Maubert ne serait pas informé de ce nouveau drame de l'enfance maltraitée.

Les années suivantes, Pierre tenta à maintes reprises de se tuer en multipliant les activités propices à la chute des corps, comme le skateboard ou le surf des neiges, et réussit à se luxer le coude, se démettre la clavicule et se casser le pied (deux fois), le tout dans l'indifférence générale.

7.

La semaine qui précéda la soirée fatale du 14 juillet, Julia passa son temps à vérifier que le téléphone était bien raccroché.

David n'appelait pas. Elle lui laissait des messages sur son répondeur, d'une voix enjouée, puis distante, puis froide, puis enjouée.

Nous les répétions à côté du téléphone. Julia était une actrice parfaite. Elle était capable de prendre une voix désinvolte alors qu'elle venait de passer la journée à fumer, à lire son horoscope et à supplier sa mère de lui tirer les tarots.

— Est-ce qu'il m'aime ?

Mme Lambert posait les cartes et les regardait longuement. On voyait son front se plisser alors qu'elle passait machinalement une main sur son ventre. (Sa tasse Total reposait dans la poche de son tablier de jardin, comme un bébé kangourou dans la poche de sa mère.)

Les réponses de Mme Lambert n'étaient pas limpides. Elles évoquaient souvent des « obstacles » et « une maison-Dieu mal placée ».

En général, Julia balayait les cartes d'un geste furieux.

Julia n'était pas seule, cet été-là, à souffrir d'une maison-Dieu mal placée. Mon frère, qui était arrivé un soir au volant d'une Golf rutilante, affichait la pâleur des êtres en proie aux forces contraires du destin. Il arborait son éternel sourire, buvait le champagne que mon père avait ouvert pour fêter son bac, mais dès que nous détournions les yeux, il se mettait à regarder dans le vide, le visage agité de tics.

Chaque soir, il se précipitait sur le téléphone. Il tapotait nerveusement sur le clavier et parlait en faisant de grands gestes, multipliant les conversations avec des interlocuteurs mystérieux.

Un matin, dans sa chambre, je lui demandai ce qu'il trafiquait.

— J'essaye d'organiser une soirée pour revoir Alice.

J'avais senti mon cœur se serrer.

Pierre connaissait Alice depuis la première. Il l'avait vue arriver, le jour de la rentrée, avec son sac à dos qui semblait bien trop lourd pour ses frêles épaules, ses baskets qui ressemblaient à des chaussures de cosmonaute et il avait senti ses forces le quitter d'un coup, comme si tout son sang était descendu dans ses chaussettes.

Elle s'était assise juste devant lui. Il avait vu le duvet blond, presque blanc, qui recouvrait sa nuque, sa peau, fine comme du papier à cigarettes, et il avait eu l'impression qu'on lui arrachait le cœur, comme les victimes de sacrifices humains dans *Indiana Jones et le Temple maudit.*

Il passa plusieurs semaines à la regarder, sans pouvoir lui adresser la parole, avec sa sueur qui lui coulait dans le dos et des phrases qui tournoyaient dans sa tête comme des chauves-souris dans une grotte. Finalement, il lui prêta sa gomme, lors d'un cours de biologie. Alice frotta rageusement sur sa feuille avant de lui rendre l'objet, désormais sacré, de ses petits doigts qui ressemblaient à des brindilles.

— Merci, Alice.

Il la regarda en souriant. Elle leva vers lui

ses yeux de fantôme, hocha la tête puis replongea dans son cahier.

Ensuite, il ne se passa plus rien. Pendant plus d'un an, Alice continua de croiser mon frère sans le voir, traînant ses énormes chaussures dans les couloirs avec son air de néréide venue d'un autre monde. Quand Pierre osait l'aborder, elle répondait d'une voix polie où pointait une note d'exaspération. Elle le fixait, hermétique comme un coffre-fort.

J'avais regardé Pierre, sans rien dire. Nous étions assis au pied de son lit, sur la moquette.

— Tu sais, la situation a beaucoup évolué ces derniers temps.

Il s'était levé et avait sorti son sabre japonais de l'armoire.

— Je lui ai même donné des cours de maths.

— Ah ! Formidable.

Je l'avais vue, une fois, dans le café près de leur collège. Elle avait de longs cheveux qui balayaient son visage comme des rideaux. En passant, elle avait fait un petit signe de tête, les lèvres serrées. Un parfait glaçon viking. Pierre m'avait interrogée avec des yeux de fanatique.

— Alors ?

— Elle est très jolie.

J'avais allumé une cigarette avec un sourire crispé.

Selon Pierre, Alice n'était ni froide ni insensible, elle était juste passée maître dans l'art de la dissimulation.

Elle lui faisait penser aux héroïnes de ses films asiatiques favoris, de jeunes beautés en kimono, délicates comme des papillons, qui n'ouvraient jamais la bouche, s'inclinaient humblement devant un interlocuteur, puis lui plantaient une dague dans le cœur sans que la moindre émotion vienne troubler la pureté de leurs traits.

— Tu trouves que c'est vraiment la caractéristique des filles sensibles, de planter une dague dans le cœur d'un homme ?

Il avait brandi son sabre, juste sous mon nez.

— Plus elles sont sensibles, plus elles sont dangereuses.

Puis il avait pourfendu l'air en tous sens, poussé quelques cris gutturaux, et terrassé un adversaire invisible.

En réalité, Pierre et moi étions plus habiles que n'importe quelle geisha assassine pour masquer les chagrins qui rongeaient nos cœurs.

Nous passions notre temps à visiter nos mondes imaginaires, lui en tenue de ninja, moi en pantalon de treillis, ou à regarder des films de Bruce Lee. Lorsque ma mère téléphonait, nous répondions gentiment à ses questions avant de nous inquiéter de sa santé. Ensuite, nous nous précipitions vers mon père pour lui proposer un tournoi de ping-pong et nous le laissions gagner afin de lui manifester notre indéfectible soutien.

Le jour, nous avions l'air insouciant et serein, mais la nuit, nous n'étions plus que deux cœurs agités, gonflés d'espoirs et d'anxiété.

Chaque soir, après le dîner, nous nous allongions sur l'herbe, les bras derrière la tête, pour guetter les étoiles filantes. Au fil des nuits, nous avions établi un règlement de plus en plus sophistiqué. Nous comptions à haute voix, très lentement, jusqu'à cent. Si un point lumineux traversait le ciel avant vingt, nous avions droit à deux vœux. Si l'étoile arrivait avant cinquante, à un seul vœu mais il avait de bonnes chances de se réaliser. À partir de cinquante et un, nous avions toujours droit de formuler un souhait, mais il ne fallait pas trop y croire. Il y avait également le protocole des traînes. Quand une étoile laissait derrière elle une poussière phosphorescente pendant plus de trois secondes, nous pouvions exiger que notre vœu se réalise avant une date précise.

Celui d'entre nous qui apercevait l'étoile le premier devait pousser un cri et avait ainsi une plus grande chance de voir son rêve se concrétiser.

Nous pouvions rester là des heures. Nous n'en avions jamais assez.

Pendant que Pierre et moi nous tournions vers les astres dans l'espoir de trouver un peu d'amour sur cette terre, Julia avait renoncé aux tarots. Elle voulait aller au bal des pompiers du 14 juillet.

Alors que nous jouions aux dames, au soleil, elle me lançait des regards implorants.

— Sois sympa, Louise. On est en vacances.

— J'aime pas les soirées.

— On rentrera pas tard. On boit un verre et on voit comment c'est.

— C'est ringard, le bal des pompiers.

— Eh ben, si c'est ringard, on s'en va.

Elle avait soupiré.

— Écoute, Louise, j'en peux plus, moi. Je veux voir des hommes.

J'avais relevé la tête.

— Et David ?

Elle avait haussé les épaules.

— C'est pas le seul homme sur la planète.

J'avais poussé mon pion sur le damier.

— Bon, d'accord. On ira à ta fête de ploucs.

Satisfaite, elle s'était levée. Elle était allée chercher du thé froid dans la cuisine, et en avait profité pour soulever l'écouteur du téléphone et le coller contre son oreille.

Le lendemain après-midi, Julia m'avait appelée. Elle chuchotait à l'autre bout du fil.

— Il est revenu !

J'avais eu l'impression qu'on me lançait une pierre contre la poitrine.

— Il a un énorme œil au beurre noir ! Tu devrais le voir, il est sublime.

J'avais frissonné.

— On se voit ce soir au bal des pompiers ? demanda-t-elle.

— Je sais pas.

— Fais comme tu veux. À plus tard poupée. Pense à moi.

J'avais passé le reste de l'après-midi, recroquevillée au pied du canapé du salon, à regarder *Croco Chroniques* sur National Geographic Channel.

Le docteur Brady Barr était un Texan qui adorait ramper dans les terriers des caïmans et se faire foncer dessus par de grands mâles enragés. Il parlait à la caméra sur un ton excité, en short, avec ses cheveux roux ébouriffés et sa lampe sur la tête. Il expliquait qu'il avait l'intention de capturer et d'étudier les vingt-trois espèces de crocodiles qui peuplaient la planète.

Cette fois-ci, il était au Sri Lanka, essayant de prélever des œufs dans les nids de femelles hystériques qui se jetaient sur lui en faisant claquer leurs mâchoires. Ce bon vieux Brady ricanait comme un dément.

Je suivais fidèlement ses aventures hebdomadaires. J'avais l'impression de prendre des nouvelles d'un membre de ma famille. Au mois de mars, après un épisode où il était particulièrement bronzé et intrépide, batifolant parmi les énormes *Crocodylus Noliticus* de la rivière Uélé, au Zaïre, je lui avais écrit.

Cher Brady,

C'est avec grand intérêt que je suis vos aventures autour du monde à la recherche de toutes les espèces vivantes de crocodiliens. En effet, je suis moi-même herpétologiste, spécialisée dans l'étude de l'Eunectes Murinus – communément appelé anaconda.

Je suppose que vous avez entendu parler de la prime de 50 000 dollars proposée par la New York Zoological Society pour la capture d'un anaconda de plus de dix mètres. Connaissant votre goût pour le challenge et l'aventure (à ce propos, j'espère que vous vous êtes remis de cette affreuse morsure de mygale, j'ignorais qu'une main pouvait enfler dans de telles proportions), je souhaiterais vous proposer une collaboration. En effet, je prépare actuellement une expédition en Guyane française et serais très heureuse de vous compter parmi les membres de mon équipe. (Bien entendu, si nous réussissons à capturer un anaconda de plus de dix mètres, nous partagerons la prime.)

Je suis consciente que mon jeune âge peut susciter un certain nombre de doutes. Mais je tiens à vous rassurer : j'ai déjà accompli plusieurs missions sur le terrain (par exemple au Brésil, pour étudier le boa émeraude dans son milieu naturel). De plus, j'entretiens de très bons rapports avec des tribus amérindiennes qui nous seront très utiles pour nous guider à travers la forêt amazonienne.

Dans l'attente de votre réponse, je vous prie, cher Brady, de bien vouloir agréer l'expression de mes salutations distinguées.

J'attendais toujours sa réponse. J'étais confiante. Dans l'enveloppe, j'avais glissé un photomaton de moi avec mon boa autour du cou.

Je fermai les volets et me mis à ramper sous la table du salon, ma lampe frontale sur la tête, prête à débusquer les alligators dans leur terrier.

— Brady, where are you ? Do you see any crocodile ?

— Here, baby ! Next to the palm tree. Be carefull, these bastards can be everywhere...

Mais au fond du terrier, je finissais toujours par apercevoir David, tout nu, qui me fixait avec ses yeux comme des rayons laser et son sexe dressé comme un obélisque à la gloire de ma féminité.

Je les avais retrouvés en train de boire de la bière, autour d'une table à tréteaux dans la cour de la caserne. Des haut-parleurs diffusaient *On va s'aimer* de Gilbert Montagné. David portait une chemise noire. Il était mal rasé. Son œil droit était presque fermé, souligné de grandes traînées violet foncé.

— Salut, Louise.

J'avais souri faiblement. Je me serais sentie plus en sécurité face à un alligator fou.

L'air était chaud et moite. Nos vêtements collaient à nos corps, nos cheveux ondulaient, chargés d'humidité, comme si nous étions proches d'une forêt tropicale. Je respirais avec difficulté.

Julia non plus n'était pas dans son état normal. Elle était beaucoup trop maquillée. Elle riait très fort et ne jetait aucun regard à David.

Au bout d'un moment, elle s'était levée sans rien dire pour aller danser. Elle remuait les hanches, les yeux fermés, sous les regards lourds des pompiers moulés dans des polos bleu marine. Un petit blond aux cheveux courts lui avait dit quelque chose à l'oreille et elle s'était mise à rire en s'accrochant à son bras. Je supposais qu'il s'agissait d'une habile technique pour faire comprendre à David qu'elle n'était pas le genre de femme que l'on appelle une fois tous les quinze jours.

Julia n'aimait pas qu'on lui résiste. Je me souvenais de ce casting pour une série télé où le type lui avait dit qu'il lui « manquait l'étincelle ». Elle l'avait toisé avec dédain, puis avait craché sur sa veste en velours. Le type s'était levé, furieux, et l'avait secouée par les épaules. Elle l'avait insulté, il répondait « Quoi ? Quoi ? Répète, salope ! ».

Finalement, elle avait plongé, tête en avant, et lui avait mordu la joue, lui laissant la trace de ses dents dans la chair, en pointillés sanglants.

— C'est un peu extrême, comme réaction, non ? avais-je remarqué.

Elle avait relevé la tête et m'avait lancé un regard froid.

— Je le méritais, ce rôle.

Quelques jours plus tard, le directeur de casting avait reçu une lettre anonyme à son bureau. Une feuille blanche où l'on avait collé des lettres découpées dans un journal : « Tu vas crever, enculé. »

Je sentais que la soirée allait mal tourner. Julia dansait les jambes écartées, en soulevant le bas de sa robe sur ses cuisses. Le petit blond lui tournait autour en tapant dans ses mains.

David ne semblait pas s'en émouvoir. Il était là, avec son œil enflé, son petit sourire mystérieux, en train de siroter sa bière, les yeux dans le vague.

Je tirais sur ma cigarette en cherchant désespérément quelque chose à dire. Mon cerveau était en surchauffe. J'avais l'impression que ma tête était pleine de fils électriques connectés au mauvais endroit.

— Et toi, ça va, sinon ? lui avais-je demandé d'une voix sèche.

— Ça va.

— Tant mieux. Moi aussi, ça va.

— Tu veux une bière ?

C'est ce moment-là que je l'avais vu. Un brun aux cheveux mi-longs avec un blouson de cuir qui fendait la foule, suivi d'une troupe de garçons et de filles. Il regardait autour de lui avec un regard supérieur, comme si sa présence était une faveur.

Romain Barral. Le mythe du lycée.

Julia l'avait vu, elle aussi. Elle avait chaloupé dans sa direction avant de lui passer les bras autour du cou.

David s'était penché vers moi.

— C'est qui, ce type ?

— Il était dans la classe de Julia en terminale.

— Elle a l'air de le trouver sympa.

J'avais haussé les épaules en m'efforçant de prendre un ton détaché.

— Pas tant que ça.

Romain Barral était sorti avec toutes les jolies filles de l'école. En général, ses aventures duraient moins d'une semaine. Il se baladait dans les couloirs, avec ses jeans qui traînaient par terre et une main posée sur la croupe de sa dernière conquête. Les filles étaient attirées comme des papillons de nuit qui viennent se consumer sur l'ampoule d'un néon. Avec lui, elles faisaient tout ce qu'elles pensaient ne jamais faire. Elles venaient chez lui pour fumer des joints, faire l'amour sur la moquette et se faire croire, l'espace d'une soirée, qu'elles n'étaient plus des adolescentes pétries de doute qui préparaient leur bac.

Comme les autres, Julia avait été impressionnée. Il portait une ceinture en cuir avec un aigle en argent. Il avait des longues mains souples. Le moindre pore de sa peau transpirait le sexe. On racontait qu'il s'était branlé en cours de maths et qu'il avait roulé des pelles, lors d'une sortie scolaire dans des grottes, à la prof de biologie. Contrairement aux autres garçons du lycée à qui il arrivait parfois de pleurer et de faire des poussées d'acné, Romain n'avait aucun stigmate de l'enfance. Il était impossible de l'imaginer en train de ramasser des fraises des bois, de jouer au foot ou d'écrire des poèmes à sa mère. Il avait toujours été ce dieu décadent, avec des joues creusées et des yeux de serpent, qui ne connaissait ni la peur ni la souffrance.

Ils étaient sortis ensemble au début du mois d'avril. Pendant quelques semaines, ils avaient nonchalamment déambulé autour du lycée, une main dans la poche arrière du jean de l'autre. Mais après avoir sniffé du popper's en classe, séché les cours pour fumer de l'herbe et passé quelques soirées à tenter diverses expériences sexuelles inédites, Julia avait ressenti une sorte de lassitude.

— En fait, je crois qu'il est complètement con, m'avait-elle confié.

Ils s'étaient séparés sans même s'en rendre compte. De temps en temps, ils se frottaient l'un à l'autre dans la cour, comme pour montrer au monde qu'ils formaient toujours un couple de légende.

Julia s'était mise à danser devant Romain. Il avait mis ses bras autour de sa taille.

Nous étions restés là pendant quelques minutes, côte à côte, à les regarder sans rien dire. Puis, d'un seul coup, David m'avait tendu sa bière.

— Tiens-moi ça, je reviens.

Il m'avait adressé un sourire rassurant puis avait traversé la foule à grandes enjambées, s'était planté devant Romain qui le regardait avec un air étonné et lui avait balancé un coup de poing dans les dents.

Ce soir-là, Romain Barral avait fait connaissance avec la peur et la souffrance. Étendu sur le bitume, la bouche pleine de sang, il avait vu sa vie défiler devant ses yeux. Il regardait ce type aux yeux froids qui restait planté devant lui avec sa tête de tueur, et des larmes coulaient le long de ses joues. Il pensait aux Ecstasys dans l'armoire de la cuisine de son studio, aux trois mille francs planqués sous son oreiller et à Violette, sa demi-sœur de huit ans, qui voulait se marier avec lui. Il espérait que ses parents protégeraient sa mémoire.

Les années suivantes, sur le stand où il vendait de vieux disques (et d'autres substances dans des sachets en plastique), Romain Barral aurait des palpitations à chaque fois qu'un homme marcherait dans sa direction avec un peu trop de détermination.

À cette époque-là, il raconterait sa version des faits à qui voulait l'entendre, soit essentiellement des filles à cheveux mous qui lui refilaient des 33 tours appartenant à leurs pères.

Il avait « massacré un type » lors d'un bal du 14 juillet. Si ces quatre pompiers ne l'avaient pas maîtrisé, il aurait probablement commis un meurtre. Ses yeux se perdaient dans le lointain, et, d'une voix étranglée par l'émotion, il déclarait n'avoir jamais oublié son amour de jeunesse, cette fille pour qui il avait failli tuer un homme.

Mais, il avait beau faire claquer les talons de ses santiags sous le regard ému de ses groupies, rouler des épaules comme s'il était toujours ce héros promis à un avenir flamboyant, Romain Barral n'était plus jamais tranquille.

En définitive, il avait été sauvé par deux pompiers qui avaient saisi David par les épaules et l'avaient éloigné du corps recroquevillé de sa victime.

J'avais lancé un regard à Julia. Elle était restée là, debout au milieu de la foule, pétrifiée. Au bout d'un moment, elle avait posé les yeux sur le visage sanguinolent de Romain, semblé hésiter un instant, puis, telle une femelle chimpanzé répondant à l'injonction de ses organes reproducteurs, s'était lancée à la poursuite du mâle dominant.

Quant à moi, je m'étais précipitée dans la direction de Romain.

Je ne sais pas ce qui m'avait pris. Je le connaissais à peine. J'avais passé deux ou trois soirées dans son studio, en compagnie de Julia et de quelques élèves de son lycée. Assise sur la moquette jonchée de miettes de pain, de tabac et de particules indéfinissables, je me contentais de tirer sur les joints qu'on me passait, juste pour ne pas me faire remarquer. Ensuite, je sombrais généralement dans un délire paranoïaque, persuadée que tout le monde me regardait en riant ou que des policiers postés dans l'immeuble voisin nous prenaient en photo au téléobjectif.

Un soir, alors que nous avions beaucoup fumé, Julia et moi étions persuadées que l'assistance était constituée uniquement d'extraterrestres qui tentaient de nous soustraire des informations afin de nous kidnapper. Il s'agissait de ne laisser filtrer aucun renseignement à notre sujet. Si nous avions la naïveté de leur communiquer nos emplois du temps et nos adresses, ils viendraient nous surprendre dans nos jardins comme on cueille des champignons, puis nous feraient disparaître à jamais dans le cosmos.

Ce soir-là, les garçons dansaient en se lançant des messages télépathiques. Les filles bougeaient la tête en rythme – probablement un code ordinaire sur leur planète – et je distinguais dans leurs yeux vitreux une lueur qui ne pouvait être humaine.

Mais Julia avait oublié sa mission. Romain l'avait attrapée par la main avec un sourire peu équivoque, et l'avait emmenée dans sa chambre.

J'étais restée seule, les genoux contre la poitrine, pendant qu'un autre couple s'était mis à s'embrasser dans mon dos, allongé sur le canapé.

Finalement, j'étais allée récupérer mon imperméable dans la chambre de Romain. Dans l'obscurité, on distinguait une masse rebondie qui émettait des bruits rauques, comme un morse essoufflé. J'avais trébuché sur une paire de baskets.

J'avais fait un signe de la main aux derniers invités, avachis par terre. Il y avait deux garçons avec des poches sous les yeux qui jouaient de la guitare imaginaire et une fille étendue par terre, en soutien-gorge, qui chantonnait doucement.

J'étais rentrée chez moi, à pieds, sous la pluie. Personne n'avait essayé de m'arracher des informations.

Sans réfléchir, j'avais traversé la foule, une bière dans chaque main (je tenais toujours celle de David) et m'étais plantée devant Romain.

Il avait levé la tête.

— Ça va ?

Il avait du sang partout, sur ses joues, dans le cou, sur sa chemise.

Il m'avait observée sans rien dire, puis, d'un seul coup, s'était mis à pleurer.

Il m'avait agrippé le poignet. Je sentais ses doigts sur ma peau.

Pendant quelques instants, nous nous étions regardés, fixement. Sa main me serrait de plus en plus fort et ses yeux verts brillaient d'un éclat magnétique. Et puis une brune avec des gros seins s'était penchée au-dessus de nous.

Romain avait tourné la tête et j'avais senti ses doigts qui me lâchaient.

Il avait serré la brune contre son cœur.

Ensuite, il ne m'avait plus lancé un seul regard.

Un petit groupe de curieux m'avait bousculée et, alors que je disparaissais dans la foule, tel un personnage englouti par l'écran dans un fondu au noir, j'étais sortie de la vie de Romain Barral.

J'étais complètement ivre. Après le départ du camion de pompiers qui avait emmené le blessé (et la brune, en tant qu'épouse officielle) à l'hôpital, j'avais commandé des bières à la chaîne. J'avais bu sans cesse, et lorsqu'un blond décoloré en pantalon de cuir m'avait invitée à danser un slow, probablement encouragé par mon rapport enthousiaste à la boisson, j'avais emporté ma bière.

Après un long combat silencieux entre mon cavalier et moi – qui consistait, pour sa part, à tenter de me malaxer les fesses, et, pour la mienne, à remettre ses mains en terrain neutre –, le monde était soudain devenu flou. Flou et mobile. Je tournais dans les bras de mon peroxydé, et autour de moi, tournait la caserne.

Je voulais descendre du manège. Je me souviens de l'avoir repoussé et d'avoir tangué vers la sortie avec l'impression de marcher sur le pont d'un bateau pris dans une tempête. Puis, une fois, dans la rue, je m'étais assise sur un trottoir et j'avais fondu en larmes.

Je n'étais pas faite pour cette vie. Cette vie où les gens s'embrassaient, se filaient des coups de poings, se couraient après, partaient dans des ambulances main dans la main, virevoltant dans le grand ballet de l'amour, pendant que moi, je restais là, immobile, invisible, oubliée dans un coin sombre de la scène.

Après avoir pleuré longtemps, je m'étais relevée et, d'un pas traînant, j'étais repartie dans la nuit. J'avais sorti un kleenex de mon petit sac de soirée, m'étais mouchée et, levant les yeux vers le ciel étoilé, j'avais supplié les extraterrestres de me téléporter dans une autre galaxie.

Au moment où j'avais vu la Renault 5 garée juste devant chez moi, je tenais un mouchoir en lambeaux dans une main et une canette de bière écrabouillée dans l'autre.

Je m'étais approchée, chancelante. J'avais collé mon front contre la vitre de la voiture. Je n'arrivais pas à voir s'il y avait quelqu'un à l'intérieur.

Une main s'était posée sur mon épaule.

— Je suis là.

J'avais poussé un cri en me retournant.

— Mais qu'est-ce que tu fais là ?

David fumait une cigarette. Il avait l'air exténué.

— Je t'attendais.

— Mais pourquoi ? Elle est où, Julia ?

— Elle est rentrée.

— Vous vous êtes engueulés ?

— À ton avis ?

— Mais pourquoi ?

David s'était penché vers moi.

— T'es complètement bourrée, toi.

— Non.

— Tu devrais voir ta tête…

— C'est à cause de Romain, c'est ça ?

— Voilà. T'es une petite maligne.

— Et tu vas faire quoi, maintenant ?

— Je sais pas.

À ce moment-là, j'avais eu un mauvais pressentiment. Il était penché vers moi, si près que je pouvais sentir son haleine, avec son œil au beurre noir, ses cheveux plaqués qui paraissaient humides, et j'avais senti la peur s'enrouler autour de mon ventre.

Il avait l'air d'attendre quelque chose. Je pétrissais mon kleenex.

— Ça te dérange si je dors chez toi ?

J'avais levé les yeux, affolée.

— Ah ! non, ça c'est pas possible.

— Pourquoi ?

— Je peux pas faire ça à Julia.

— Tu peux pas oublier Julia deux minutes ? Tu peux pas être autonome, une fois dans ta vie ?

— Je vois pas le rapport. Et puis, ça va, à la fin ! Je suis pas la dernière roue de secours.

— La dernière roue du carrosse.

— Quoi ?

— On dit la dernière roue du carrosse.

— Alors, écoute-moi bien, monsieur le prof de français : j'en ai marre d'être la fille qu'on sonne juste quand on a besoin d'elle. Ras-le-bol d'être la poire de service. RAS-LE-BOL. Ça va, c'est comme ça qu'on dit ?

— Mais de quoi tu parles ? Je te demande

juste un service, madame la parano. Un service ! Moi aussi, j'en ai ras-le-bol, si tu veux savoir.

Il avait donné un coup de pied dans le pneu de la Renault.

— Ouais, vas-y, tape dans ta bagnole ! Et puis après, tu me fous une baffe, c'est ça ? Comme d'habitude, hein, ça te soulage ?

Il y avait eu un silence. Une lueur perplexe dans son œil.

— Non, mais ça va pas ? Tu te vas te calmer, oui ?

J'avais ricané.

— Parce que c'est moi qui dois me calmer ? On rêve, là.

— Mais qu'est-ce que tu veux que je fasse ? Que je dorme dans ma voiture ?

— Eh ben, voilà, ça c'est une bonne idée !

Il m'avait lancé un regard méchant, je l'avais fixé sans ciller, les bras croisés. Après quelques instants d'intense joute visuelle, il s'était mis à fouiller rageusement dans la poche de son jean pour en extraire un trousseau de clés. Il avait ouvert sa voiture et s'était assis sur le siège avant avec un air excédé. Je m'étais penchée en souriant.

— Bonne nuit !

Et j'avais claqué la portière.

En marchant vers la maison, j'avais l'impression d'avoir repris mon destin en main. J'avais ma place sur cette terre. Je criais. Je claquais des portières. Je remettais les hommes à leur place. J'étais une boxeuse, qui sautillait sur le ring de la vie et attendait son adversaire en balançant des coups de poings dans l'air, juste devant son nez. Je n'avais pas peur. J'étais violente. Il ne fallait pas me chercher.

Les dents serrées, j'avais lancé la canette de bière dans le jardin, d'un grand geste ample, comme une rebelle.

J'avais monté les marches jusqu'à ma chambre, agrippée à la rampe d'escalier qui ondulait comme un serpent de mer. Je m'étais déshabillée en balançant mes vêtements n'importe où, dans un bel élan d'insoumission à l'ordre domestique.

Allongée sur mon lit, en culotte, je souriais. Et même si le monde s'obstinait à tourner autour de moi comme une toupie folle, je maîtrisais la situation.

Les grands champions le savent. Tout est dans la tête. La force, c'est le mental.

Alors quand la sonnette de l'entrée a retenti, je me suis appliquée à conserver mon calme. J'ai enfilé le premier haut qui m'est tombé sous la main avant de me précipiter dans le couloir. Par chance, mon père n'avait pas bougé. J'ai collé l'oreille contre sa porte ; mon cœur bondissait sous mon sweat-shirt. Rien. Puis j'ai dévalé les escaliers en inspirant profondément. J'étais forte. Sereine. Un roc.

En ouvrant la porte, j'ai réalisé que j'avais mis un sweat-shirt rose avec la tête de Minnie Mouse entourée de petites ampoules. Il suffisait de brancher une pile à l'intérieur, et Minnie se mettait à clignoter. Mais je n'ai pas cillé.

— Ah ! c'est toi…Ça va pas de sonner comme ça chez les gens au milieu de la nuit ?

Il a soupiré.

— Écoute, Louise, j'en peux plus, là. Je peux pas dormir dans cette voiture. En plus, y a une saloperie de bestiole qui arrête pas de chanter, quelque part, par là.

Il a agité mollement sa main dans la nuit. Il était ébouriffé, il paraissait à bout de nerfs.

— Sois sympa. Je suis vraiment crevé.

Je l'ai fixé un instant en silence.

— Bon, d'accord. Si tu veux, je peux te prêter ma tente de camping.

Il n'était pas emballé par le concept de la tente. Il m'a lancé un long regard fatigué, comme s'il s'attendait à mieux venant d'une femme en présence d'un homme à terre. J'ai prétendu que mon père était un homme strict et nerveux qui n'aurait pas toléré sa présence sous notre toit. Il a hoché la tête. Il n'avait pas l'énergie de négocier.

Je lui ai demandé de m'attendre et je suis partie en courant chercher une couette et des boules Quies, pour la saloperie de bestiole qui chantait quelque part là-bas.

Nous avons marché dans l'herbe, sans rien dire. Lui, avec la couette jetée sur l'épaule, moi, pieds nus, tirant sur le bas de mon pull. Mes cuisses laiteuses ressortaient dans l'obscurité. Je pensais à Julia. Il ne dormait pas chez moi. On ne pouvait rien me reprocher.

— Et voilà !

Je me suis arrêtée devant la petite tente en toile dressée contre une haie de mûriers. Il s'est tourné vers moi.

— Dis-moi, y a un truc que je comprends pas. Tu fais du camping dans ton jardin ?

— C'est pour ma future expédition. En Guyane.

— Ah ! Bien sûr.

Le bruit de la fermeture éclair dans la nuit. Il s'est glissé à l'intérieur de la tente. S'est allongé sur la couette, les bras croisés derrière la tête. Il m'a souri, comme un homme qui vient de traverser toute la banquise et retrouve son igloo.

Debout, en appui sur un pied avec l'autre qui caressait l'intérieur de mon genou, je restais plantée, dans mon sweat-shirt, comme un flamant rose.

— Bon, ben, bonne nuit.

— Ouais, bonne nuit, Louise.

— Tu as besoin de quelque chose ?

— Merci, ça va.

Il s'est penché pour défaire les lacets de ses Converse.

— Tu veux pas une bière ?

Il a levé la tête.

— Une bière ?

J'ai rentré la tête dans mon cou.

— J'ai un peu soif.

— Non, franchement, là, je suis mort.

Il était tourné sur le côté, et moi, je ne bougeais pas. Je ne voulais pas rentrer. Enfin, mes jambes ne voulaient pas. Elles refusaient de se mettre en mouvement. Elles voulaient rester là. Elles avaient envie d'une bière.

Au bout d'un moment, David s'est relevé.

— Bon, qu'est-ce qu'y a encore ?

— J'suis pas fatiguée.

Il m'a fixée avec ses grands yeux noirs et a levé ses mains en signe d'impuissance. Puis, il a sorti son paquet de cigarettes en soupirant.

Quelques minutes plus tard, nous sirotions chacun notre bière, assis sur la couette, devant la tente. Je gardais mes jambes croisées devant moi, en replaçant mon sweat-shirt pour cacher ma culotte. J'avais mal au ventre. David buvait sans rien dire, le regard dans le vide.

Puis, d'un seul coup, il s'est penché au-dessus de mes jambes, les yeux plissés. Je me suis raidie.

— Quoi ? Qu'est-ce qu'il y a ?

— T'as de très jolis pieds.

Je l'ai regardé.

— Tu es ivre, c'est ça ?

— Non, non, je te jure, ils sont vraiment mignons.

Il aimait mes pieds. L'homme qui couchait avec Julia et avait détruit Romain Barral. Je ne savais pas quoi en penser. Il n'était pas certain que les hommes fassent l'amour avec les filles dont ils aimaient les pieds. Je me demandais s'il aimait ceux de Julia.

Je mordillais nerveusement le bord de ma canette.

— Tu devrais faire mannequin pieds !

Il agitait le bras, enthousiaste. Il n'avait plus l'air fatigué.

— C'est comme les filles du Crazy Horse. Il faut leur trouver un nom d'artiste. Un truc sexy, qui fasse rêver. Comme ça, tu pourras plus facilement les faire travailler.

Après une longue négociation, nous avons opté pour Cléo (le gauche) et Tallulah (le droit). Ensuite, j'ai attaqué une nouvelle bière et il a enlevé ses chaussettes. Il avait des pieds immenses et fins, avec des orteils très longs. Quelques poils ondulaient sur ses pouces. J'ai poussé un petit cri admiratif. J'ai prétendu qu'ils méritaient des noms d'empereur romain. Il a fait semblant de ne pas être d'accord.

Finalement, David a versé quelques gouttes de bière sur chacun de nos futurs top-models (« Cléo, Tallulah, Hadrien et Marc-Antoine, je vous baptise ») et je me suis mise à gigoter en gloussant.

Nous nous sommes regardés, j'ai entendu mon rire strident dans la nuit, et j'ai senti que je devenais toute rouge.

David a détourné la tête, d'un seul coup, comme s'il réalisait que la situation dérapait. Je l'observais discrètement, sur le côté. Il était plongé dans l'observation de l'obscurité. Son front était plissé.

Nous fixions un point, quelque part, dans le noir, comme si un spectacle fabuleux – un feu d'artifice ou une aurore boréale – avait lieu à l'horizon. Si quelqu'un était passé à ce moment-là, il se serait certainement arrêté et aurait commencé à fixer lui aussi le lointain avec curiosité.

Nous avions ouvert chacun une nouvelle bière, les languettes avaient claqué dans la nuit, mais nous ne buvions pas. Nous tenions nos canettes posées sur nos cuisses. On aurait dit deux enfants avec des bougies de Noël.

Au bout d'un moment, comme le silence devenait insupportable, je me suis tournée vers David.

— Tu es vraiment vendeur dans une boutique de fringues ? j'ai demandé.

Il regardait toujours devant lui. Ses pieds nus s'étaient mis à frétiller, comme deux poissons jetés dans l'herbe.

— Pas exactement, non.

— Tu fais quoi alors ?

— J'aime pas trop en parler.

Une veine palpitait sur son cou. Son œil enflé ressortait dans la nuit comme la preuve de son existence pleine de coups, de sang et de testostérone. J'entrevoyais un monde enivrant où des hommes en costume entraient dans des restaurants, sortaient des revolvers chromés et descendaient d'autres hommes en costume avec des bruits de bouchons de champagne. Un monde où les filles avaient des lèvres humides, se déshabillaient sans frémir, debout, dans des chambres d'hôtel et ne posaient pas de questions.

— Et toi, a-t-il dit, qu'est-ce que tu vas fabriquer en Guyane ?

— Je vais capturer un anaconda de plus de dix mètres.

Il a ricané.

— Je vois pas ce que ça a de drôle.

— Excuse-moi, je ne voulais pas te vexer.

Je me suis levée d'un seul coup.

— Bon, je suis crevée, moi. Je vais me coucher.

Il m'a fixée avec un petit sourire.

— T'es vachement susceptible comme fille.

— Écoute, il est super tard et j'ai trop bu. J'ai envie de dormir. Allez, salut.

Après avoir agité la main nerveusement, je me suis dirigée vers la maison à grandes enjambées.

L'air sentait les prés mouillés. Mon pull remontait sur mes fesses. Je le détestais. Je me trouvais ridicule. Il courait derrière moi en riant.

J'ai senti comme une vague monter en moi. Je me suis retournée, je lui ai lancé un regard plein de haine et, en proie à un élan incontrôlable, je me suis mise à frapper contre sa poitrine, les poings serrés. Il a fait un bond en arrière.

— Mais, arrête. T'es folle ou quoi ?

— Ouais, exactement, je suis folle ! Je fais des expéditions dans mon jardin. Je veux aller en Guyane pour capturer un anaconda géant. Je suis complètement dingue.

Il m'a attrapé les poignets, d'un geste ferme, puis m'a attirée contre lui. Toutes mes forces m'ont quittée. Sa chemise était humide. Il dégageait une odeur d'alcool et de tabac. Une petite touffe de poils sur son torse me chatouillait le front.

Et, alors qu'au loin, la bête mystérieuse poussait des cris perçants comme pour alerter le monde d'un danger imminent, il a saisi ma tête entre ses mains, et, les yeux brillant d'un éclat menaçant, a plaqué sa bouche sur mes lèvres en cognant ses dents contre les miennes.

8.

À treize ans, je tombai amoureuse.

Cette année-là, les Xinakis, le couple de retraités qui habitait la maison à côté de la nôtre, moururent l'un après l'autre, foudroyés en l'espace de quelques semaines.

D'abord, Mme Xinakis, qui souffrait d'insomnies et avait l'habitude de descendre dans la cuisine pour écouter la radio à n'importe quelle heure de la nuit, dérapa dans l'escalier et se rompit le cou.

M. Xinakis la découvrit le lendemain matin, recroquevillée dans l'entrée, comme un enfant endormi. Il se précipita chez nous, trouva mon père et mon frère dans la cuisine, et prononça une série de phrases incompréhensibles.

Après ce jour, il ne prononça plus jamais un seul mot de français, et l'hôpital dut faire appel à un traducteur pour rétablir le contact avec lui. Mais il était parti dans une autre époque, parlant avec sa mère, pointant du doigt les collines de Corfou ou un troupeau de chèvres. Mon père lui rendait visite chaque jour et revenait en secouant la tête.

« Il a perdu son unique amour, il ne s'en remettra pas », disait-il d'une voix amère et l'on sentait qu'il en voulait à Mme Xinakis de leur avoir fait ce coup-là. Quand M. Xinakis mourut dans son sommeil, moins d'un mois plus tard, mon père vida la bouteille de whisky.

Il conserva ensuite une sorte de mélancolie rêveuse, et une vision obscure de la vie, comme si toutes les femmes du voisinage étaient des amazones cruelles qui conduisaient les hommes à leur perte.

Pendant ce temps, mon frère et moi partions à l'aventure dans le jardin de la maison aux volets clos, jouant à nous faire peur en courant autour de la piscine dont l'eau évoquait un cloaque putride.

Et puis, un jour, nous vîmes un camion de déménagement stationné derrière le portail. Mon frère et moi, planqués dans les buissons qui séparaient les deux terrains, observâmes les nouveaux arrivants avec une curiosité mêlée de ressentiment. Il y avait un couple, tous deux bruns et athlétiques, respirant la santé et la bonne humeur. Ils avaient quatre enfants, deux garçons et deux filles, et leur supériorité numérique nous effraya. Nous nous étions enfuis vers la maison en courbant le dos, comme pour éviter les tirs ennemis.

Les nouveaux voisins ne tardèrent pas à venir se présenter, leur joie de vivre auréolant leurs visages. Pris par surprise et impressionné par leurs sourires autoritaires, mon père ne sut comment refuser leur invitation pour le dimanche suivant.

C'était l'été. La piscine avait été nettoyée, affichant désormais un bleu artificiel qui puait le chlore et des matelas gonflables multicolores. Nous étions conviés à en profiter.

Le dimanche matin, j'avais enfilé mon maillot de bain avec le sentiment d'une catastrophe imminente. Debout sur la lunette des toilettes, je m'étais regardée dans la glace de la salle de bain, au-dessus du lavabo.

Mon corps était un traître. Il refusait de se développer. J'étais plus petite que toutes les autres filles de ma classe et, surtout, beaucoup moins rebondie. Mes hanches étaient étroites comme celles d'un garçon et ma poitrine n'avait toujours pas l'intention d'exister en trois dimensions.

Deux ans auparavant, à l'époque où mes petites camarades se mettaient à pousser de façon disgracieuse et développaient des excroissances au niveau de leurs chemisiers, j'avais été terrifiée par ces transformations qui provoquaient l'hilarité des garçons.

Carole, une grosse fille aux yeux tristes qui s'asseyait toujours au fond de la classe et se rongeait les ongles avec une application obsessionnelle, avait été la première à se métamorphoser. En l'espace de quelques mois, elle connut un développement mammaire hors du commun et se mit à porter des soutiens-gorge de la même couleur que les gaines des vieilles dames. Si les cours de gym avaient toujours constitué une épreuve pour elle, désormais sa souffrance atteignait des sommets : elle se changeait dans les vestiaires avec une lenteur qui vous serrait le cœur, tentant désespérément d'échapper à nos regards inquisiteurs.

Un jour, dans la salle de cours de français, quelqu'un avait écrit au tableau : « Carole, grosse dégueulasse ». Nous avions toutes frissonné. Nous savions qu'un matin, nous allions, nous aussi, nous réveiller avec des grosseurs qui n'étaient pas de notre âge et attirer les regards dégoûtés de la population masculine.

Je vis ainsi les torses des élèves se déployer les uns après les autres, comme des abricots au mois de mai. Les filles traversaient cette épreuve avec plus ou moins de tourments. Si certaines se mettaient à enfler de toute part et portaient des tee-shirt géants pour tenter de disparaître dans le paysage, d'autres se transformaient d'un coup en grandes lianes harmonieuses. Il y eut alors deux clans distincts : celui des belles, qui avaient adopté un style – minijupes et boucles d'oreilles – valorisant leurs nouveaux atours, et celui des complexées, qui restaient entre elles pour faire bloc contre le monde extérieur. Elles souffraient, certes, mais elles étaient liées par les mystères de la Féminité, cette galaxie secrète et fascinante remplie de serviettes hygiéniques, d'épilation à la cire et de visites chez le gynécologue.

Les garçons avaient beau rire, on sentait bien qu'ils étaient nerveux. Toutes ces créatures qui se lançaient des regards entendus en se passant des petits paquets emballés avaient l'air d'avoir été initiées à un rite druidique, un savoir occulte qui leur aurait été transmis, la nuit, autour d'un arbre, dans une transe collective.

Il y avait une sorte de tension dans l'air.

Et moi, il ne m'arrivait rien. Étendue sur

mon lit, je palpais mes tétons avec anxiété, essayant de percevoir un bourgeonnement, un frémissement, n'importe quoi. J'avais bien développé un duvet blond et dru sur les mollets, qui ressemblait à un premier pas vers quelque chose, mais pour le reste, mon corps semblait figé dans une faille temporelle. Je guettais les maux de ventre que je savais annonciateurs du bouleversement menstruel et j'avais ressenti une joie tendue le matin où des crampes d'estomac m'avaient pliée en deux, dans la rue, à quelques mètres du collège. J'avais couru aux toilettes et regardé dans ma culotte avec fébrilité. L'après-midi même, mon père m'emmena chez le médecin et mes espoirs furent anéantis.

« Grippe intestinale », avait déclaré le docteur, en me lançant un regard sévère, comme si mon corps d'enfant lui paraissait suspect, le signe d'une paresse physiologique ou d'un retard mental.

Julia, bien entendu, appartenait à l'espèce des belles adolescentes. Elle s'épanouissait sous mes yeux, inconsciente de l'angoisse que me causaient les petites pommes qui tendaient le coton de ses débardeurs. Elle avait des hanches galbées et une dizaine de centimètres de plus que moi. Ses joues s'étaient creusées, lui donnant cet air inabordable et élégant qui ne l'a plus jamais quittée depuis. Elle n'avait aucune pudeur et changeait ses serviettes périodiques sous mes yeux pleins d'effroi.

— Tu as de la chance de ne pas avoir ces saletés, disait-elle en remontant son jean. Ça fait un mal de chien.

Elle ne semblait pas remarquer mon allure juvénile. Dans l'ancien dressing de ma mère, nous dansions des slows langoureux sur la bande originale de *La Boum.* Depuis toujours, nos jeux de rôles étaient codifiés : je faisais l'homme. Je la prenais par la taille, elle s'agrippait à mon cou et nous chaloupions les yeux fermés. Désormais, elle devait se pencher pour poser sa tête sur mon épaule. Une fois, elle m'avait dessiné une moustache au crayon khôl avant de me passer la main dans les cheveux.

— T'es vraiment trop belle, tu sais.

J'avais ri nerveusement, puis m'étais échappée de son étreinte pour changer de disque. Je n'aimais pas cette proximité qui risquait à chaque instant de lui révéler mes tares physiques.

Quand nous sommes arrivés chez les voisins, mon père, mon frère et moi, nous n'en menions pas large. Mon père tendit à la belle brune une tarte salée qu'il avait confectionnée lui-même et qui ressemblait à de la bouillie. Elle la saisit avec un sourire bien élevé et nous fit signe d'entrer. Mon frère était tout rouge, et quant à moi, je saluai avec un sourire crispé, obsédée par l'idée qu'il me faudrait retirer mon short à un moment ou à un autre.

Tout le monde était dans le jardin. Le père lisait le journal dans une chaise longue, en pantalon de toile, pieds nus. Les quatre enfants étaient en maillot de bain, allongés sur des serviettes. À notre vue, ils bondirent pour nous saluer et je remarquai avec soulagement que les filles étaient aussi plates que moi. Elles avaient treize et dix ans. L'aînée était une brune aux cheveux bouclés, avec des manières de garçon. L'autre était une adorable créature blonde qui se dirigea vers mon frère avec un air timide et conquérant à la fois. Le dernier trottinait derrière ses sœurs, du haut de ses sept ans, brassant l'air avec sa pelle en plastique.

Et puis, il y avait ce grand type de quinze ans, aux cheveux châtains naturellement crantés, qui marchait vers moi. Son maillot lui tombait sur les hanches, beaucoup trop bas, à mon avis.

Il me tendit une main fine et écarta les lèvres dans un sourire carnassier.

— Salut, moi, c'est Bénédict, lança-t-il d'une voix rauque, comme s'il avait bu et fumé toute la nuit.

Je crus que j'allais m'évanouir.

La journée passa à toute vitesse. Mon père riait aux éclats, en ouvrant la bouche, visiblement sous le charme d'Anne, la maîtresse de maison. Mon frère sautait dans la piscine avec Marie, la petite blonde, avec un air de joie stupide que je ne lui connaissais pas. Quant à moi, j'étais en proie à un vacarme intérieur, comme si un opéra se jouait dans mon crâne, avec des trompettes triomphantes et des envolées de violon.

Tous les membres de la famille Martel dégageaient une impression de bonne humeur et de parfaite santé mentale qui vous faisaient croire que la vie était à la fois simple et merveilleuse. Notre trio fut contaminé instantanément.

Mon père ôta sa chemise et son pantalon en continuant de raconter une histoire qui faisait glousser Anne, et se promena ensuite toute la journée dans un ahurissant short de bain jaune qui faisait cruellement ressortir sa peau blafarde.

Je me déshabillai aussi, sans y penser, trop occupée à écouter Bénédict, ou plutôt la voix de Bénédict, résultat probable d'une fête arrosée et d'une mue récente. Il avait un timbre qui évoquait une vie dangereuse, différente, pleine d'alcool, de filles et de cigarettes. Il y avait sa démarche aussi, nonchalante, qui disait la lassitude et l'envie de faire l'amour. Ses épaules maigres et son torse où des grains de beauté dessinaient une constellation splendide. Il portait autour du cou un lien de cuir avec un coquillage. Il ressemblait au héros du *Lagon bleu*.

Ce jour-là, je réalisai qu'il me faudrait désormais vivre avec un volcan dans la cage thoracique.

Je plongeai dans la piscine, et l'eau me procura un sentiment de délivrance. Il fallait un élément entre lui et moi, quelque chose qui m'occupe les bras, les jambes et dissimule les battements furieux de mon cœur. Je fis quelques mouvements de brasse en souriant bravement aux enfants qui barbotaient. Le soleil réchauffait mes joues, il y avait dans l'air un parfum de mousse. Bénédict nageait dans ma direction en me fixant. Je m'agrippai au rebord de la piscine. Mes doigts étaient blancs comme ceux d'un cadavre.

Il se posa à quelques centimètres de moi et je sentis son épaule glisser contre la mienne.

— Tu veux voir mon rat albinos ?

Il se propulsa hors du bassin en s'appuyant sur ses bras, dans un mouvement souple qui ne manqua pas de m'émouvoir. Il m'a adressé un signe de tête en direction de la maison et ce geste me sembla d'une folle intimité. Enroulée dans une serviette que j'avais nouée au-dessus de mon absence de poitrine, je l'ai suivi, une joie sauvage tapie au creux du ventre.

Quand je pénétrai dans la chambre de Bénédict, mes pieds nus laissèrent une trace mouillée sur le parquet. J'observai le moindre détail du lieu, avide de tout mémoriser, consciente de vivre un instant historique. Son lit était défait, et des piles de bandes dessinées jonchaient le sol. Des vêtements étaient jetés sur une chaise, et je reçus une sorte de décharge électrique en apercevant un caleçon blanc qui traînait à côté d'une vieille paire de tennis.

Sur une table, devant la fenêtre, une petite cage dégageait une puissante odeur de foin et d'excréments. Bénédict saisit délicatement l'animal, un rat blanc aux yeux rouges, et le posa sur son épaule. Il me lança un regard de défi, visiblement persuadé que la possession de ce genre d'animal était la preuve d'un esprit transgressif et rock'n'roll. J'écarquillai les yeux pour montrer combien j'étais impressionnée.

— Les filles aiment pas trop ce genre de bêtes, hein ?

— Oh ! si, si. Moi, j'adore. J'élève des lézards, tu sais. Et des mygales, aussi.

Il releva la tête, déconcerté, puis se mit à rire. Je gloussai à mon tour. Il se pencha vers moi, ébouriffa mes cheveux mouillés. Puis, il sortit un paquet de cigarettes de sous son oreiller.

— T'en veux une ? me demanda-t-il en faisant claquer son Zippo.

Une vague de bonheur m'inonda. Il y avait quelque chose entre nous.

Les semaines qui suivirent furent les plus belles de ma vie. J'avais réussi à convaincre mon père de m'offrir un vivarium et des mygales, prétextant une requête de mon professeur de sciences naturelles.

— Vous étudiez les *mygales* à l'école ? avait-il demandé, perplexe.

Mais il avait accepté de m'accompagner dans un magasin qui ressemblait à une cave et où un grand brun chevelu aux bras entièrement tatoués nous avait vendu un couple d'araignées velues dans un bocal plein de terre et de bois mort.

Le dimanche suivant, j'arrivai chez les Martel avec, dans mon grand sac de plage, un Tupperware contenant une Matutu, la mygale arboricole des régions humides d'Amérique latine.

Bénédict parut troublé. Ce jour-là, il me lut des poèmes sombres et incompréhensibles qui me semblèrent d'une beauté inouïe. Je savais que, dans d'autres circonstances, il ne m'aurait jamais parlé de cette façon – si nous avions été dans la même école, par exemple. Mais ces dimanches étaient comme des bulles hors du temps, où nos personnalités, dégagées des contingences sociales de l'adolescence, pouvaient s'exprimer librement.

J'étais consciente de la fragilité de notre histoire, mais j'avais l'impression d'être une fille à qui il arrivait des choses. Je regardais son grand corps dégingandé et je pensais à cette fille de ma classe que j'avais surprise, la bouche ventousée à celle d'un garçon de troisième, les joues maculées de salive. Elle émettait des bruits de succion qui évoquaient un chien lapant son écuelle.

J'avais été horrifiée par cette scène répugnante.

Désormais, mettre sa langue dans une autre bouche ne semblait plus forcément un acte dépourvu de raison.

9.

Le premier jour, je m'étais réveillée en sursaut, avec l'impression d'avoir reçu un coup de marteau sur la tête. J'avais jeté deux aspirines effervescentes dans un verre avant de filer au fond du jardin.

J'avais secoué David par l'épaule.

— Faut que t'y ailles !

Il s'était levé brusquement et m'avait regardée sans paraître me reconnaître.

Il avait jeté un coup d'œil à sa montre.

— Mais t'es une grande malade. Il est même pas huit heures !

Je lui avais lancé un regard suppliant. Il avait attrapé ses chaussures en hochant la tête.

— Je sais pas ce qu'il y a en ce moment, je

sais pas ce que j'ai fait, mais ma vie est envahie par les chieuses. Ta copine, c'était déjà une emmerdeuse de première classe, mais alors toi, franchement, t'es médaille d'or.

Quand j'étais arrivée chez Julia, il n'était même pas dix heures du matin. Elle buvait un café au lait dans la cuisine et portait un short orange en éponge. Ses cheveux étaient emmêlés. Ses paupières enflées lui donnaient l'air d'une petite fille. Elle m'avait adressé un sourire plein de dents qui m'avait transpercé le cœur.

— Qu'est-ce que tu fais là, beauté ?

— J'avais envie de te voir.

— Quelle soirée, hein ?

Elle riait, la tête dans son bol. J'avais allumé une cigarette.

— Et David ?

Elle avait haussé les épaules.

— Pfff...

En réalité, Julia avait déjà oublié David. Quant à Romain Barral, elle n'avait même pas eu l'idée de prendre de ses nouvelles. Elle se souvenait de son nez enflé, de sa bouche pleine de sang, de son regard terrifié, et elle reniflait avec dédain. Elle avait balayé cette image de sa mémoire comme on chasse une mouche. À ses yeux, il avait perdu toute virilité.

J'avais toujours admiré le talent de Julia pour contourner la souffrance. Avec les hommes, elle avait une sorte de radar. Elle s'approchait en ondulant à la façon d'un squale surgissant des profondeurs, jaugeait sa proie en tournoyant autour d'elle, puis plantait les dents dans la chair. Après avoir arraché quelques morceaux de viande, elle se détournait et disparaissait dans le bleu, abandonnant sa victime dans un nuage de sang.

Quant aux rares spécimens susceptibles de la blesser, Julia les repérait de loin. Elle passait au large.

Avec David, son instinct lui avait tout de suite envoyé des signaux d'alarme. Il avait une lueur lointaine dans l'œil, les épaules relâchées d'un homme qui sait ce qu'il vaut et scotche les filles comme des aimants sur le frigo. Il vous glissait entre les doigts. Sa vie était ailleurs.

Julia refusait d'avoir mal. Il avait suffi d'une nuit à son cerveau pour effacer son image.

Elle m'avait lancé un regard trouble.

— J'ai rêvé de Thomas cette nuit.

C'était un copain de Romain Barral. Il avait une salamandre tatouée sur le bras, des fesses bombées et livrait des pizzas. Dans son rêve, Julia était toute nue sur les toilettes quand il avait ouvert la porte, tenant une Margherita dans une main et son sexe dressé dans l'autre.

Elle avait terminé son bol de corn flakes en souriant. Puis, assise sur le carrelage de la cuisine, elle avait téléphoné en tripotant ses doigts de pieds.

— Salut, Thomas. Je voulais prendre de tes nouvelles. J'ai rêvé de toi. Si, si, je te jure, j'ai rêvé que t'étais mort. Alors, je me faisais du souci.

Il lui avait donné rendez-vous pour le soir même.

Pour Julia, la vie continuait. Mais je n'étais pas dupe. Il y avait, quelque part au fond de sa poitrine, un petit trou, une détresse aussi secrète qu'un soupir.

J'étais coupable. J'avais fauté dans une tente de camping. Ma langue avait tournoyé comme un animal furieux dans la seule bouche qui lui était interdite. Ce n'était pas une langue honnête et droite. C'était une petite roulure.

Je passais les doigts sur mon menton dont la rougeur trahissait l'indécence de mes activités nocturnes.

Pendant l'après-midi, je restai inerte et imperturbable derrière mes lunettes de soleil, allongée sur une serviette rayée. Julia me lisait des passages de son livre de chevet, *Mémoires d'un médecin légiste.*

— Tu te rends compte qu'il y a un type qui s'est suicidé en se tirant une balle dans l'anus ?

Elle avait les yeux brillants. Elle adorait les morts violentes et stupides. Elle raffolait du chapitre consacré aux « morts par avalage de poissons vivants » et celui qui répertoriait les « assassinats déguisés en accidents du travail ». Son chapitre préféré était celui consacré aux suicides ressemblant à des meurtres. Elle m'avait lu plusieurs fois l'histoire de ce maçon que l'on avait retrouvé dans sa salle de bain, lardé de cinquante-cinq coups de couteau. Dans son rapport, le médecin légiste avait noté que la victime s'était « attaquée sauvagement ».

Julia a été interrompue par la sonnerie du téléphone. Elle a couru dans l'herbe. Je suis restée là, allongée, les bras en croix, les muscles tendus, et j'ai caressé l'idée de m'attaquer sauvagement.

Elle est revenue avec un sourire de fille amoureuse.

— C'était mon père. Je vais le voir à Paris demain.

Ses joues étaient toutes roses.

Julia entretenait des relations complexes avec M. Lambert. Elle parlait de lui avec mépris, fracassait consciencieusement tous les cadeaux qu'il lui faisait – essentiellement des bouteilles de parfums achetés dans les duty free – mais rappliquait ventre à terre dès qu'il manifestait le moindre désir de la voir. En sa présence, elle minaudait de façon insupportable, parlait sans cesse et fumait à la chaîne pour lui rappeler qu'elle était une fille torturée. On avait l'impression qu'elle passait un entretien d'embauche. En général, elle rentrait exténuée. Quand je lui demandais comment son rendez-vous s'était passé, elle répondait invariablement : « je le hais, ce gros con ».

En prévision de tous ses rendez-vous, Julia voulait s'épiler et se faire les ongles. Nous sommes montées dans sa chambre. Des culottes, une boîte contenant des chocolats dont certains avaient été mordillés, un escarpin en faux python, une brosse pleine de cheveux et un coquillage débordant de mégots, étaient éparpillés sur la moquette.

Sur le lit défait, des magazines féminins, un jeu de tarot et un tube de rouge à lèvres débouché.

Cette pièce était l'antre de la féminité. Le mélange de parfums – chewing-gum, dissolvant, poudre –, et le chaos ambiant reflétaient le glamour et la confusion mentale de sa propriétaire.

Ma chambre à moi ressemblait à un camp de base. Je ne savais pas me maquiller. Mes sous-vêtements avaient la couleur des bandages médicaux. Au pied de mon lit, on trouvait une lampe frontale et un aspi-venin ; au-dessus de mon bureau, un cadre contenant un scorpion saharien et une peau de bébé crocodile. La seule fois où je m'étais acheté une paire à talons, Julia avait déclaré qu'elles ressemblaient à des chaussures orthopédiques.

Pendant que Julia soufflait sur ses ongles pour faire sécher le vernis, je me disais que la nuit précédente avait été un mirage. Une sorte de faille dans l'espace-temps. Pendant quelques heures, David et moi étions passés dans la quatrième dimension.

Ma tente de camping était une capsule échappée d'un vaisseau spatial. Le monde qui s'étendait autour d'elle n'existait pas. Un jour, ma soucoupe se posait dans une jungle amazonienne peuplée d'Indiens amoureux et d'anacondas géants. Un autre, elle atterrissait dans une clairière romantique constellée de canettes de bières où j'embrassais des hommes louches qui chérissaient mes pieds.

Mais ce n'était pas la vraie vie.

Dans la vraie vie, David était monté dans sa voiture, les cheveux en bataille et la chemise toute chiffonnée, avec la tête d'un type qui comprend son erreur. Il m'avait adressé un regard vide, murmuré un « Salut » morne et avait démarré en regardant fixement la route. Puis, à sept heures quarante-huit, il avait disparu au coin du pâté de maisons.

Et moi j'étais restée, là, comme une imbécile, les bras ballants, avec un goût de vieille bière dans la bouche.

La fin de la journée m'avait achevée. D'abord, Julia avait choisi ses affaires pour son rendez-vous avec M. Lambert, comme une fillette qui prépare sa trousse et sa plus jolie jupe pour la rentrée des classes. Je regardais sa robe, délicatement posée sur le dossier de sa chaise, la serviette enroulée en turban autour de ses cheveux fraîchement lavés, et j'avais senti ma gorge se serrer. Je n'aimais pas voir cette fièvre dans ses yeux. Je n'aimais pas me souvenir que nos parents nous tenaient dans leurs mains comme des insectes fragiles.

En fin d'après-midi, alors que je traversais l'allée pour repartir, j'étais tombée sur Mme Lambert qui faisait claquer la portière de sa Mercedes avec une énergie qui m'avait glacé le sang. Elle s'était avancée vers moi, souriante, de ce pas léger qui, désormais, semblait être sa façon de traverser la vie. Elle était maquillée comme une voiture volée.

— Louise, comment vas-tu ? Tiens, je vais te montrer quelque chose.

Fébrile, elle avait farfouillé dans son sac, en avait extrait un petit tas de photos qu'elle m'avait tendu avec un air illuminé, comme les clichés d'une apparition divine. Il s'agissait de portraits d'un type brun, âgé de trente ans au plus, qui souriait à l'objectif et portait une chemisette en acrylique.

— C'est Jean-Luc. Il est beau, non ?

J'avais fui. Il fallait quitter cette maison maudite, ce gynécée où les femmes passaient leur temps à oindre leurs corps de lait et de parfums capiteux, dans une écœurante dévotion à l'amour.

Je voulais disparaître. Sur le chemin du

retour, je respirais comme une petite locomotive à vapeur.

Je décidai d'écrire une nouvelle lettre à Brady.

Il y avait ça, aussi, dans la vraie vie. Il y avait Brady Barr qui ne répondait pas à mes lettres.

L'explorateur texan portait une alliance. Il saisissait la mâchoire des alligators à mains nues, passait la main dans sa crinière fauve, parlait à la caméra avec son sourire sauvage, mais, quand il rentrait chez lui, ce n'était plus le même homme. Il rigolait avec sa petite épouse aux ongles mauves, mangeait des hamburgers et jetait les lettres des exploratrices françaises à la poubelle.

J'avais traversé le jardin à toute allure. Mon père, qui passait la tondeuse, m'avait interpellée.

— Louise ! Ta mère a téléphoné.

Je ne m'étais pas arrêtée. Je m'étais contentée de lui adresser un bras d'honneur, en regardant devant moi.

J'avais entendu la tondeuse s'arrêter d'un coup. Je ne m'étais pas retournée.

J'avais gravi l'escalier en courant et m'étais précipitée dans ma chambre. J'avais sorti mon boa émeraude de son vivarium. Il s'était enroulé autour de mon cou, avec son œil vide, comme s'il ne m'avait jamais vue. Les reptiles sont des animaux déprimants pour les âmes tendres. Ils n'ont aucune mémoire. Ils ne sont pas romantiques. Ils daignent vous étreindre mais, dans le fond, ils vous échangeraient volontiers contre un tronc d'arbre.

J'avais balancé le boa sur la moquette en marmonnant « pauvre débile », puis, le cœur serré, je m'étais jetée sur mon lit pour écrire la lettre de la dernière chance.

Cher Brady,

N'ayant pas reçu de réponse à mon précédent courrier, je me permets de vous écrire à nouveau. Je suis consciente que vous êtes très pris par vos expéditions et que, lorsque vous rentrez au Texas, vous avez certainement de nombreuses occupations, familiales ou autres (à ce sujet, ne manquez pas de transmettre mes amitiés à votre femme).

Néanmoins, en tant que spécialiste française de l'Eunectes Murinus, je me permets de réitérer mon offre : je vous propose de vous joindre à moi pour une expédition en Guyane française dans le but de capturer un anaconda de plus de dix mètres.

Je suis certaine que vous ne manquerez pas cette occasion unique de faire connaître votre travail dans le monde entier.

J'espère avoir de vos nouvelles prochainement, et, sans vouloir vous presser, je me permets de vous rappeler que la saison des pluies débute en novembre. Il faudrait donc songer à partir au plus vite.

Dans l'attente de votre réponse, je vous prie d'agréer, cher Brady, l'expression de mon admiration la plus sincère.

P.S : Au sujet de la prime offerte par la New York Zoological Society, j'ai bien réfléchi, je suis prête à vous offrir ma part des 50 000 dollars.

J'étais redescendue, soulagée. J'avais couru sur le gazon.

— Papa, excuse-moi, je suis un peu à cran en ce moment.

Il m'avait regardée gentiment, avait lâché sa tondeuse et nous étions rentrés à la maison regarder un documentaire sur les pandas.

C'était des pandas appartenant à un zoo chinois. Il y avait une femelle, Yi-Yi, et un mâle, Elvis. En dépit d'un enclos gigantesque, d'une forêt de bambous plantée exprès pour eux et de toute une équipe de soigneurs dévoués, Yi-Yi et Elvis refusaient de se reproduire. On leur donnait des pilules aphrodisiaques. On leur passait des films pornographiques. On leur préparait des nids d'amour faits de foin et d'herbe douce. Mais rien à faire. Ils voulaient bien mâchouiller des pousses de bambous, se rouler dans le foin, rester avachis sur une branche pendant des heures, mais lorsqu'on les mettait en présence l'un de l'autre, ils ne se jetaient même pas un regard.

En les voyant marcher, le pas lourd, dans une direction opposée, cherchant désespérément à regagner leur enclos personnel, j'avais senti comme une flèche se planter dans mon cœur.

Les pandas ne voulaient pas vivre dans la réalité. Ils voulaient retourner dans leur bulle. Ils voulaient grimper en haut d'un arbre, et regarder le ciel en rêvassant, blottis dans un monde imaginaire, ouaté, fait de solitude et de toute-puissance.

Yi-Yi et Elvis, c'étaient Julia et moi. Bien entendu, Julia n'était pas réfractaire à la copulation. Mais, après le coït, elle remontait dans son arbre.

Je ne voulais pas finir en mastiquant de l'herbe, étendue sur une branche comme un cadavre, avec le pelage râpé et le regard brumeux. Je m'étais levée.

— Bon, je sors. J'ai une lettre à poster.

Au moment où je glissais l'enveloppe dans la boîte, au bout de ma rue, j'avais entendu une voix derrière moi.

— Pour quoi faire, un anaconda de plus de dix mètres ?

J'avais sursauté.

Il avait les cheveux plaqués en arrière comme un mafioso. Sa chemise était encore moins boutonnée que d'habitude. Il portait des baskets en cuir noir.

Une nouvelle fois, ma tête et mon corps n'étaient pas d'accord. Ma tête ne voulait pas voir David. Ma tête écrivait des lettres à Brady Barr et voulait désespérément émigrer en Amérique du Sud. Elle cherchait juste à se faire oublier, tapie au fond d'un marais, cachée sous des feuilles de nénuphar.

Mais mon corps avait d'autres intentions. Il voulait se jeter dans les bras de ce garçon dépoitraillé, en poussant des cris de belette. Il voulait remettre ma langue dans sa bouche, comme une bête rejoignant son repaire naturel.

David me regardait en souriant. Il avait replacé une mèche rebelle derrière son oreille. Sous son bras levé, une auréole humide.

Pendant quelques secondes, un combat impitoyable se déroula dans mon organisme. Ma tête hurlait sa révolte. Mon corps réclamait l'accouplement.

Je détaillais David à toute vitesse. Il y avait ses lèvres, légèrement écartées. Ses cheveux huilés, soyeux comme le pelage d'un animal. Ses yeux où brillait une flamme sombre. Son sourcil gauche, qui montait légèrement.

Mais il y avait aussi ce sourire satisfait. Et ce front lisse qui trahissait une terrifiante sérénité.

L'air était brumeux. La nuit commençait à tomber. Je sentais de la chaleur s'échapper par le col de mon tee-shirt et, dans ma main moite, la lettre était toute froissée.

Finalement, mon corps fut le plus fort.

Je fis un pas vers lui. Un seul. J'étais un panda fou.

— Parce que personne n'en a jamais capturé un.

Il m'avait fixée un instant, avant de sortir son paquet de cigarettes de la poche de sa chemise. Il en avait allumé une. Le bout lumineux ressemblait à un œil de caïman dans la nuit du marais. Je vis son sourire.

— C'est une bonne raison.

Nous étions restés silencieux. Puis, sans réfléchir, j'avais pris son paquet de Marlboro dans sa chemise et attrapé une cigarette. Il avait tendu son briquet. Mes doigts tremblaient contre mes lèvres.

— Qu'est-ce que tu fais là ? j'ai demandé.

— Eh bien, en fait, j'adore ta tente. J'y ai magnifiquement dormi. Alors je voulais savoir si je pouvais revivre cette fabuleuse expérience.

Je lui avais lancé un regard implorant.

— Ah non, ça c'est pas possible. Tu peux pas rentrer chez toi, plutôt ?

Il m'avait fixée, avec ses yeux noirs, l'air grave.

— Non. Je peux pas.

— T'es en cavale, c'est ça ?

Son petit rire sec avait résonné dans l'obscurité.

— Bon, tu veux pas qu'on aille dîner quelque part, au lieu de raconter n'importe quoi ?

J'étais montée dans sa voiture. Je flottais dans mon short trop grand. Ses mains glissaient sur le volant, gracieuses comme des oiseaux. Il avait des poils sur les doigts.

David m'avait conduite dans un restaurant vide, où les photos des plats étaient accrochées au mur. Je regardais les clichés plastifiés. On aurait dit des photos de cadavres destinées à une enquête criminelle.

Je ne m'expliquais pas cette sale manie de m'emmener dans des bars pourris. J'imaginais la tête de Julia en découvrant un endroit pareil.

Il avait commandé deux whiskies, sans me regarder. Le vrai gangster. Scotch et filles à qui on ne demande pas leur avis.

— J'aime pas le whisky.

— Peut-être, mais y a rien de tel pour se détendre. Et t'as vraiment la tête d'une fille qui a besoin de se détendre.

— Tu vas me dire ce que je dois manger aussi ?

Il avait rigolé.

— Ouais. Tu vas prendre un steak avec des frites. Tu ne m'as pas l'air très en forme pour aller chasser le serpent au fin fond de l'Amazonie.

J'avais vidé mon verre. Mangé mon steak et toutes mes frites. Sur la table, la dépouille de ma lettre pour Brady reposait à côté de la salière.

J'aimais bien le whisky, finalement. J'en avais commandé un autre. Je ne disais rien. J'avais l'impression que la situation était moins grave, si je me contentais de me saouler. Mon cœur cognait dans mon oreille gauche.

David restait silencieux, lui aussi. Il buvait en me regardant. Il avait l'air content.

Je m'étais souvenue de ce déjeuner avec Julia, quand nous avions huit ans. C'était l'époque où je la détestais. Ma mère nous avait préparé une escalope panée avec des pâtes avant de nous laisser en tête à tête, attablées dans la cuisine. Julia portait l'une de ses robes pleines de dentelles et un serre-tête doré. En l'apercevant, à l'entrée, avec sa tenue qui ressemblait à un déguisement, ma mère s'était exclamée : « Mais que tu es jolie ! » Julia avait souri poliment, avec la tête d'une vedette qui entend ça toute la journée.

Pendant le déjeuner, nous n'avions pas dit un mot. Julia me détaillait en faisant des petits bruits de mastication, toute droite sur sa chaise. Quand mes yeux croisaient les siens, elle écartait les lèvres et je voyais ses dents pointues, aussi blanches que le carrelage de la cuisine.

Elle avait l'air satisfait. Visiblement, certaines personnes appréciaient de manger avec moi en me lançant des œillades de propriétaire.

Je remuais mes pâtes avec ma fourchette

qui crissait sur l'assiette en essayant désespérément de me souvenir la dernière fois où ma mère m'avait trouvée jolie.

J'avais envie de pleurer. Julia vidait la bouteille de ketchup sur ses coquillettes.

Tout à coup, j'avais senti que ça lâchait en moi, comme une fatigue, et quelque chose était tombé sur mes cuisses. Un liquide chaud s'écoulait au-dessus de mes lèvres.

— Oh ! tu saignes !

Elle paraissait émerveillée.

C'était mon nez. Il coulait comme une fontaine. Julia était partie chercher ma mère en trottinant. À leur retour, il y avait du sang partout. Même mes chaussettes en éponge étaient trempées.

Il avait fallu me changer. Ma mère avait glissé un coton dans ma narine gauche et m'avait ordonné de rester la tête en l'air. Julia était assise à côté de moi, sur le bord du lit, avec ses pieds qui se balançaient en rythme. Elle me dévisageait avec ferveur.

Ensuite, elle s'était levée, et en jetant un regard en biais, le menton toujours dressé, je l'avais vue : elle avait glissé mes chaussettes ensanglantées dans le col de sa robe.

Quelques mois plus tard, lorsque notre passion dévorante réclamait son lot de confessions brûlantes, elle avait rampé sous son lit et en avait extrait une boîte en fer. À l'intérieur, reposaient mes chaussettes, une boule en cristal coloré qui, à l'origine, trônait sur la cheminée de notre salon, et une schtroumpfette en caoutchouc.

Julia m'avait tendu la figurine et la boule en cristal, les yeux baissés.

— Tu peux les reprendre, si tu veux.

Elle n'avait pas proposé de rendre les chaussettes.

— À quoi tu penses ?

— Je pense à Julia.

David avait levé les yeux au ciel.

— Va falloir que je te commande un troisième whisky, c'est ça ?

— Je sais pas si ça va suffire.

— T'es chiante, toi !

Il agitait les bras devant lui, l'air désespéré.

— Julia et moi, c'était rien. On s'est vu deux ou trois fois, c'est tout.

— Comme nous, quoi.

— Oh ! non, c'est pas du tout pareil.

— Ah ! ouais, et pourquoi ?

— On fait pas du tout les mêmes choses. Avec Julia, j'ai pas fait de camping, par exemple…

J'avais levé la main pour l'arrêter.

— Je crois que je préfère pas savoir ce que vous avez fait.

— C'était rien de spécial, tu sais.

— Je m'en fous, j'ai pas envie d'en parler. Je peux avoir un autre verre ?

J'avais attaqué mon quatrième whisky en fixant les photos des spaghettis agonisants sur le mur. Le néon nous auréolait de sa lumière pisseuse. Je sentais le regard de David qui cherchait à me harponner. Je demeurai immobile, plongée dans l'observation de la sauce tomate.

— C'est quoi cette lettre ?

— Rien.

Il avait attrapé l'enveloppe et plissait les yeux.

— C'est qui Brady Bann ?

J'avais soupiré.

— Personne.

— OK, je vois le genre. On peut parler de rien...

— Ah, mais pas du tout. On peut parler de plein de choses. De tes amis, de ton travail... Ouais, c'est une bonne idée ça, ton travail.

Je le regardais en souriant. Il s'était adossé contre sa chaise, les bras derrière la tête. Pendant quelques instants, nous étions restés silencieux, lui, les bras écartés, moi, narquoise, avec nos yeux qui refusaient de ciller.

Puis, d'un seul coup, il s'était penché vers moi, et j'avais senti son souffle sur mes lèvres.

— D'accord.

David n'était pas vendeur dans une boutique de vêtements. Il était « spécialisé dans l'intimidation ».

Au départ, il avait travaillé pour un certain Philippe Sarfati, un type qui portait une queue de cheval et une chevalière. Il l'avait repéré dans son club de boxe et invité à boire une bière au bar du coin. David avait vraiment cru que c'était pour lancer sa carrière de poids moyen. Il avait dû se contenir pour garder un visage impassible et ne pas sourire comme un idiot.

En réalité, Philippe Sarfati lui avait proposé son premier contrat.

C'était simple. Il s'agissait de se rendre dans le bureau d'un chef d'entreprise, de lui expliquer que le temps était venu de payer ses dettes et de récupérer l'argent « en douceur ».

« Avec les yeux que tu as, ça devrait aller », avait dit Sarfati.

Le lendemain, David avait enfilé un costume noir et était monté dans sa voiture avec le sentiment de partir pour un enterrement. Il était entré dans le bureau, avait serré les dents et tout s'était passé comme dans un film. L'homme avait dégluti, tripoté un trombone qui traînait sur la table avec l'air de réfléchir à toute vitesse. Puis, il avait sorti des liasses de billets d'un tiroir.

La semaine suivante, l'homme lui avait téléphoné pour l'embaucher à son tour et l'avait envoyé chez un autre chef d'entreprise. David avait recommencé son petit numéro. Sa carrière était lancée.

Mon corps était emballé par cette histoire. Il avait de plus en plus chaud. Il avait envie de se lever et de commettre des gestes irréparables. Il posait des questions idiotes. Il voulait des détails.

— Et tu ne te bats jamais ?

— Non. En général, non.

Selon David, son métier ressemblait presque à un travail normal. Il était free-lance dans le secteur des services. Il avait des contrats, des clients et touchait 20 % des sommes récupérées.

J'avais haussé les épaules.

— Je pensais que tu faisais des trucs beaucoup plus violents.

— En général, il suffit de les regarder comme ça.

Il avait plissé les yeux, à peine. Son regard était devenu noir, sa mâchoire s'était serrée.

— Je me suis entraîné devant la glace. J'essaye de faire comme Clint Eastwood.

Il avait souri.

— Mais si ça peut te faire plaisir, quelquefois, ça ne suffit pas.

— Ah ?

Je tripotais mes mains sur mes cuisses. Il avait pointé du doigt son œil enflé.

— Ma dernière affaire ne s'est pas très bien passée.

J'avais du mal à respirer.

— Y a des types qui me cherchent. Pour tout te dire, je peux même pas rentrer chez moi.

À ce moment-là, il y avait eu un court-circuit dans mon organisme. L'air ne circulait plus. Il restait bloqué dans mes poumons, alors que tout mon sang était monté jusqu'au cerveau, comme le mercure d'un thermomètre posé sur une source incandescente.

Je voyais les lèvres de David remuer, mais les sons ne me parvenaient pas. J'avais l'impression d'être dans un aquarium.

Il n'était pas venu me voir. Il était venu pour ma tente. Je n'étais qu'une planque.

J'ai voulu me lever, mais, dans mon crâne, il y a eu un bruit d'explosion étouffé, comme la détonation d'un silencieux. Et puis, le goût du sang sur mes lèvres.

David s'est précipité pour me tamponner le nez avec sa serviette. Je l'ai repoussé violemment d'une main. De l'autre, j'épongeais mon désespoir qui se déversait sur ma bouche, mon menton, dans mon cou. Mon nez finissait toujours par me trahir.

Le serveur est accouru, me tendant un tas de serviettes en papier. Elles absorbaient, l'une après l'autre, des quantités impressionnantes de sang. On aurait dit que je me vidais totalement.

David m'a attrapée par le bras et emmenée aux toilettes. Mes jambes se dérobaient, comme si elles étaient en pâte à modeler.

Dans la glace, j'ai vu les cernes sous mes yeux, l'amas de serviettes plaquées contre mon nez comme un nénuphar en papier, et le cafard qui agitait ses antennes, perché sur la tranche du miroir. À côté de moi, le teint pâle, David tenait un rouleau de papier de toilette rose. Sa chemise blanche était maculée de taches brunâtres.

Il m'a fait signe de lever la tête, il a déroulé le papier hygiénique et l'a appliqué délicatement sur le torrent qui continuait de jaillir de mon organisme en crue.

— Mais qu'est-ce que je vais faire de toi ? a-t-il soupiré.

Je regardais le plafond. Ma voix était étouffée.

— Ne t'inquiète pas. D'ici une heure ou deux, j'aurai perdu tout mon sang. Tu n'auras plus qu'à m'enterrer dans mon jardin.

Je lui jetai un regard en biais.

— Je te lègue ma tente.

10.

À quatorze ans, je connus les morsures de la jalousie.

Julia changeait. Au mois de septembre, elle était entrée dans une nouvelle école, publique et mixte.

Elle portait des pantalons tellement serrés qu'on se demandait comment elle réussissait à respirer et elle s'était acheté une paire de santiags qui lui donnaient l'air d'une chanteuse de country.

Chaque matin, elle courait dans le jardin et brandissait un petit miroir rose pour se maquiller avant de monter dans le bus où elle croisait deux garçons de seconde qui appartenaient aux célébrités du lycée.

Elle rangeait son bonnet de laine et son écharpe dans son sac à dos et se mettait des couches de crayon noir qui lui faisaient des yeux de droguée. Ensuite, elle montait dans le bus en faisant rouler ses hanches et s'asseyait le plus loin possible des garçons, en regardant par la fenêtre avec l'air de s'ennuyer profondément.

Pour la première fois de sa vie, Julia était intimidée. Face aux filles qui se déplaçaient toujours en bande, en faisant cliqueter leurs bracelets, et aux garçons qui portaient des blousons de cuir, elle avait l'impression de sortir d'un trou de péquenauds.

Elle venait chez moi, le soir, en sortant des cours, et imitait les mines de poseurs des élèves de sa classe. Avachies sur mon lit, nous riions et nous buvions une canette de bière, pour nous donner du courage.

La vie était plus effrayante que jamais.

Mais Julia avait tort de s'inquiéter. En l'espace de quelques semaines, elle avait été repérée. Son air hautain et ses grands cheveux noirs avaient déjà fait des victimes. Les garçons la regardaient passer en enfonçant les mains dans les poches de leurs jeans, et fixaient ses fesses avec insistance pour dissimuler leur sentiment de n'être que des adolescents maladroits. Ils pensaient aux filles qu'ils avaient pelotées, au cours de soirées dans des caves, et ils réalisaient que tout cela n'était que d'écœurants enfantillages. Ils voulaient l'emmener à moto, en week-end dans un palace, ou dans une boîte aux parois tapissées de velours où l'on buvait des cocktails fluorescents. Il y avait des légendes qui couraient à son propos, comme le fait qu'elle sortait avec le prof de philo ou qu'elle posait pour des catalogues de vente par correspondance.

La bande des plus jolies filles de quatrième ne tarda pas à l'aborder. Il y avait une blonde aux airs de jeune fille de bonne famille qui s'appelait Charlotte et portait d'immenses boucles d'oreilles créoles. Les deux autres étaient brunes avec des mèches décolorées et un rire hystérique. Il y avait Nathalie, qui avait des seins et une bouche énormes, et Kathia, une grande maigre qui séchait les cours pour sniffer de la colle avec des types de première.

Ce jour-là, Julia comprit que l'école publique vous formait à la vie bien plus rapidement que les instituts privés qu'elle avait fréquentés. Charlotte, par exemple, avait déjà fumé des joints et parlait de fellation avec le détachement d'une professionnelle.

— En fait, c'est simple. Tu imagines que tu manges un esquimau. C'est la même chose.

Elle avait sorti sa langue et l'avait remuée en louchant. Julia avait recraché son Coca en s'esclaffant.

Julia me parlait de ses nouvelles amies. De Charlotte surtout. Charlotte était incroyable. Charlotte avait embrassé trois garçons dans la même soirée. Charlotte faisait le mur. Charlotte la faisait tellement rire.

J'avais une rivale. Cette idée m'obsédait.

Dans la chambre de Julia, j'avais trouvé une carte postale représentant un bouquetin sur un sommet enneigé avec « Serre-Chevalier » écrit en rouge.

Salut beauté. La neige est super, mon prof de ski est canon. Il est trop sexy dans sa combi. Miam !

Gros bisous. Charlotte.

J'avais eu l'impression de recevoir un coup de poignard.

Julia continuait de me rendre visite aussi fréquemment qu'auparavant, mais je voyais bien qu'elle était distraite. Elle portait des vêtements que je ne connaissais pas. Elle avait un bracelet en corde au poignet. Nous n'avions plus les mêmes centres d'intérêt.

Quelquefois, elle dormait à la maison et, sous la couette, elle collait son corps contre le mien en chuchotant des insanités. Il fallait « jouer au sexe ». Elle mettait sa langue dans mon oreille et demandait des explications détaillées sur les sensations que me procuraient ses assauts. J'étais pétrifiée. Mon corps s'était récemment manifesté, déversant dans ma culotte le flux écarlate qui signifiait mon entrée dans l'ère de la fécondité. Au départ, j'avais été soulagée, mais très vite, j'avais la sensation que tous les regards se posaient sur moi avec un air entendu.

Mon père m'avait acheté une collection impressionnante de protections périodiques, qu'il m'avait tendues dans un sac en plastique, sans un mot, en me regardant fixement, comme pour fouiller mon âme. Un matin, je me réveillai et vis Pierre assis sur mon lit qui soulevait délicatement ma chemise de nuit avec les yeux d'un type qui vient d'avoir une révélation mystique.

Je n'étais plus en sécurité. Le tumulte de mes ovaires semblait inscrit sur ma figure. J'aurais voulu vivre cette révolution dans une solitude totale. Je me réfugiais dans la salle de bain et restais cloîtrée pendant des heures en lisant mes livres de biologie animale. Je m'arrachais au monde en flottant dans les airs. Je prenais des bains, et mes angoisses se diluaient dans un brouillard de vapeur d'eau brûlante. Tout m'échappait. Alors que Julia avait une vie en dehors de moi et semblait connaître des émois qui m'étaient inconnus, mon corps s'était mis à pousser de façon désordonnée, comme pour signifier que j'avais perdu le contrôle de ma vie concrète.

D'abord, il m'avait semblé que mes cuisses et mes hanches se développaient démesurément, puis c'étaient mes bras qui avaient grandi d'un coup, accompagnés dans leur élan par un torse qui gonflait comme si on lui insufflait de l'air à coups de pompe à vélo.

Et alors que j'aurais voulu disparaître de la surface de la terre, afin de maîtriser les effets de la métamorphose qui m'affligeait, Julia, elle, semblait lancée dans une quête empirique des zones érogènes de nos anatomies. Elle empoignait mes seins, les yeux fermés, et les tâtait comme des melons.

— Tu as du plaisir ? Il paraît qu'on peut atteindre l'orgasme comme ça. Juste en se faisant peloter.

Je ne savais pas si je pouvais atteindre l'orgasme. Tout ce que je savais, c'était que j'étais prête à tout pour reconquérir Julia et que ces attouchements nocturnes étaient désormais le fil secret qui nous reliait. Avec Charlotte, elle goûtait peut-être aux joies de la vie sociale, mais avec moi, elle entrait dans un univers clandestin où l'on touchait du doigt des vertiges inavouables. Désormais, notre amitié existait la nuit, dans des contrées illicites qui s'évanouissaient au matin, alors que nous buvions un chocolat chaud, les joues roses et les yeux gonflés.

Néanmoins, Julia m'inquiétait. Je ne la reconnaissais pas. Elle avait toujours pensé que les garçons étaient des êtres sans intérêt dont la constitution ne prévoyait pas la présence d'un cerveau digne de ce nom. Il suffisait de soulever un peu sa jupe pour les mettre dans un état d'agitation extrême.

Mais ses nouvelles fréquentations avaient une mauvaise influence sur elle. Charlotte et ses amies parlaient des garçons toute la journée. Pendant les cours, elles se passaient des mots qui commentaient le moindre détail : un pan de chemise s'échappant d'un pantalon, un mouvement de tête, le balancement nonchalant d'un corps sur une chaise. Chacun de leurs propos était décortiqué pendant des heures, afin d'en extraire le sens caché et les subtilités linguistiques comme celles d'une version latine.

La population masculine était divisée en deux catégories distinctes. Il y avait ceux qui étaient humains, accessibles et qui permettaient de faire son apprentissage sexuel. Cette catégorie rassemblait les premiers de la classe, les boutonneux, les garçons plus petits que soi, et tous ceux qui essayaient de vous adresser la parole en ricanant nerveusement. Avec ceux-là, on mélangeait sa salive dans les toilettes de l'école. Dans une odeur d'urine, les filles se laissaient faire en écarquillant les yeux, fixant les murs humides ou les pores dilatés de leur conquête. Elles avaient l'impression d'entrer dans un monde vertigineux, plein de liquides et de parfums moites, vaguement écœurants, et leurs jambes étaient en coton.

Mais ces garçons-là n'atteignaient pas leur cœur.

Ceux qui les faisaient frémir avaient déjà plongé leurs mains dans la vraie vie, et erraient autour du lycée avec l'air de se suffire à eux-mêmes, comme un groupe de divinités mythologiques. Ils menaient une existence aventureuse, et portaient sur leur visage les stigmates des hommes qui ont connu des mondes interlopes.

Ils avaient déjà brûlé une quantité impressionnante de neurones dans la consommation de substances diverses et leurs yeux semblaient regarder en direction de souvenirs incandescents. Il s'agissait d'organiser des opérations stratégiques, afin d'approcher l'un de ces êtres surnaturels, comme emprunter un stylo ou demander une cigarette sur un ton qui ne trahissait aucune émotion.

Le soir, dans leur lit, elles se repassaient, frémissantes, le film de cet extraordinaire échange. La main pelotonnée dans leur culotte, elles s'interrogeaient sur les mystères de leur intimité qui palpitait en silence et chauffait comme une bouillotte.

Je connaissais ces émois. Les filles de ma classe semblaient frappées du même mal. Les salles de cours bruissaient de soupirs profonds et les cahiers regorgeaient de « je t'aime » griffonnés à l'infini. Elles murmuraient les prénoms de leurs héros, le regard perdu, remuant les lèvres comme des petites possédées.

Je ne savais rien d'elles, ni leurs rêves d'avenir, ni leur situation familiale, j'ignorais si elles avaient des frères et sœurs ou ce qu'elles faisaient le week-end, mais je connaissais le nom de chacun de ceux qui faisaient trembler leurs jeunes cœurs.

Il y avait Marie Meyer, qui était folle de

Roméo, un type de terminale qui lui avait demandé du feu, un jour, à la cafétéria. Elle conservait, dans un médaillon qui ballottait entre ses seins, une peluche de laine qu'elle avait arrachée de son pull. Il y avait Corinne Gaultier, qui s'asseyait toujours à côté de Jack Murray, un Anglais sinistre dont le caractère réservé avait embrasé son imagination. Elle portait des jupes trop courtes qui mettaient en valeur son ventre rebondi et traînait une réputation de fille facile dont elle ne semblait pas s'émouvoir. Un jour, alors que j'étais assise derrière elle en cours de physiques, je l'entendis demander à Jack ce que signifiait « to give a blow job ». Elle le regardait comme une tranche de gâteau à la crème. Il la toisa en reniflant de mépris, mais elle continua de sourire.

Je me souviens aussi d'Eléonore Michels, une rousse à la peau translucide, qui avait passé son année à faire les dissertations de français de Mathieu, un grand maigre qui puait le tabac et était sorti avec tout ce qui bougeait, sauf elle. Le jour où la prof de géographie, dont la cruauté était légendaire, saisit son cahier et lut à haute voix les déclarations enflammées qu'elle y avait notées, Eléonore se mit à tousser violemment avant de vomir son déjeuner sur ses genoux.

Désormais, Julia faisait le mur pour aller

dans des soirées où elle attendait les slows avec une impatience douloureuse. Elle s'entortillait autour d'un garçon et se mettait à lui tripoter le pantalon au niveau de la braguette avec des mouvements énergiques. Je ne comprenais pas que Julia se laisse aller à de telles compromissions.

Un soir, elle s'était retrouvée sur un canapé avec un Italien de quinze ans qui portait un pull turquoise assorti à ses chaussettes et des lunettes de soleil Porsche. Elle lui avait léché les amygdales consciencieusement, puis lui avait agrippé l'entrejambe en malaxant le tissu de son jean. Il avait saisi son poignet et lui avait demandé, d'un ton sec, d'arrêter ça. Ensuite, il était parti danser sur la piste et ses yeux n'avaient plus jamais croisé les siens.

Elle avait été totalement déroutée.

— Tu comprends, il fallait que je le fasse. *Il le fallait*, me dit-elle d'une voix tendue.

Elle me regardait les lèvres serrées, et l'on sentait qu'elle était convaincue de ne pas avoir le choix.

Pendant que Julia visitait le monde des sens avec un remarquable esprit de sacrifice, je menais, de mon côté, une croisade pour l'amour.

En l'espace de quelques mois, mes sentiments pour Bénédict s'étaient épanouis avec la même constance que mon décolleté, comme si mon buste se dilatait dans le seul but de contenir l'amplitude de ma passion.

Les mois d'été avaient passé comme un film en technicolor. Mon père et les Martel avaient pris l'habitude de se retrouver le dimanche autour d'un barbecue. Mon frère et moi ne vivions plus que pour ce jour de la semaine. Pierre utilisait ses cinq francs d'argent de poche mensuel pour offrir des cadeaux à Marie, comme une gomme qui sentait la fraise ou des vignettes Panini. Avant de la voir, il se mouillait les cheveux et se faisait une raie sur le côté qui lui donnait l'air sérieux d'un collégien britannique. Il faisait tout un cirque pour mettre son pantalon de velours beige, dans lequel il transpirait en essayant tant bien que mal de conserver sa dignité.

Quant à moi, pour la première fois de ma vie, j'avais l'impression d'avoir mon destin entre mes mains. Tout était possible.

Les enfants Martel aimaient organiser de grandes parties de cache-cache qui étaient l'occasion de frôlements furtifs et des espoirs les plus fous. Je me cachais dans l'armoire d'une chambre et retenais mon souffle en attendant que Bénédict me trouve. Je sentais sa présence, toutes les particules de son corps envoyaient des ondes dans ma direction. Ma peau était hérissée de capteurs sensoriels qui décelaient le moindre de ses mouvements, comme le sonar d'une chauve-souris. Le bruit de ses pas, sa voix dans le lointain, et même le silence de la maison, tout me faisait frémir et redouter le moment où son bras agripperait le mien.

Chaque dimanche permettait d'espérer un événement extraordinaire. Un jour, Bénédict passait les doigts sur ma joue pour retirer une miette de tarte aux framboises. Un autre, il appuyait sur mon ventre pour évaluer la qualité de mes abdominaux. Ces épisodes sensuels me traversaient le corps comme des aiguilles.

Au cours de ces jours magiques, j'accumulais des trésors que je collais dans un album dont la couverture portait l'inscription « Top secret » en lettres capitales. J'avais ramassé deux mégots de Camel filtre, sous ses fenêtres, et volé un photomaton chiffonné dans la poubelle de sa chambre. Il regardait l'objectif les yeux mi-clos, et portait un pull gris torsadé. Dans mon carnet, j'avais dressé la liste de ses signes distinctifs (date de naissance, taille, couleur préférée) ainsi que l'inventaire de ses tenues et de sa collection de disques. Le soir, je relisais mes notes avec ferveur, comme si ces éléments constituaient l'écheveau qui me permettrait de pénétrer l'essence même de son âme. J'avais aussi subtilisé une fourchette maculée de sauce tomate, avec laquelle il avait mangé des spaghettis. Certains soirs, alors que la peur de le perdre me vrillait l'estomac, je déclamais des paroles occultes à la lumière d'une bougie en agitant mes mains au-dessus de la relique.

Un après-midi, je crus que mes incantations avaient été entendues. Dans sa chambre, allongée par terre, je lui parlais de la sexualité des chimpanzés Bonobo. Je pensais alors que ce genre de conversation était émoustillant et subtil, et que la crudité de mon langage laisserait peut-être croire à l'étendue de mon expérience.

— Ils font l'amour tout le temps. Tu comprends, ça permet d'éviter l'agressivité dans un clan. Les femelles se caressent entre elles et les mâles frottent leurs pénis pour se faire jouir. On dirait qu'ils font des combats d'épée avec leurs sexes !

Bénédict crachait la fumée de sa cigarette par la fenêtre, en souriant. Il me posait des questions, sans se retourner, alors que l'obscurité commençait à tomber, nous enveloppant de l'ombre de la clandestinité.

Puis, il a fait volte-face, et m'a interrompue.

— Tu voudrais pas qu'on aille au cinéma un de ces jours ?

Cette proposition me fit rêver pendant des semaines. J'achetai un tube de rouge à lèvres. Je regardais les programmes de cinéma en frissonnant, l'énumération des films et des séances dans le journal constituant une infinité de créneaux romantiques. Je décidai de me laisser pousser les cheveux. Je commençais même à porter des débardeurs d'où s'échappaient les bretelles de mon soutien-gorge.

Mais nous n'allâmes jamais au cinéma. Bénédict n'en reparla plus. Je l'observais à la dérobée, quand il dormait dans l'herbe ou qu'il s'étendait sur un matelas pneumatique, dévastée par sa décontraction et la splendeur de son bronzage.

Puis la rentrée arriva et les liens qui reliaient nos deux familles semblèrent se dissoudre dans les premières pluies de septembre. Mme Martel n'appelait plus, et le seul jour où elle se présenta au portail, ce fut pour nous emprunter un sécateur.

11.

J'étais sortie de la tente. L'air était doux. Une petite croûte de sang chatouillait le coin de ma narine gauche. David dormait, enroulé dans le sac de couchage. Il était trois heures du matin. J'entendais le vent qui chuchotait dans les arbres. Je souriais bêtement. J'étais toute nue.

La soirée m'avait échappé. Je n'avais pas voulu ce qui était arrivé. La dernière fois que j'avais utilisé mon cerveau, c'était dans ces toilettes moites, pour essayer de repousser David qui m'aspirait avec ses bras. Je criais « Lâche-moi, lâche-moi ! » et puis, d'un seul coup, je m'étais retrouvée en train de l'embrasser rageusement, sur un sol jonché de boulettes de papier toilette rose, avec le sang qui continuait de couler de mon nez.

Puis, le destin s'était acharné à faire tomber, un à un, tous les remparts de ma raison.

Nous nous embrassions, comme deux vampires, vacillant contre le lavabo, quand j'avais entendu la porte s'ouvrir. David et moi nous étions lâchés en sursautant. Côte à côte, les bras ballants, nous avions jeté un regard effrayé au gros type qui nous détaillait avec des yeux de bête furieuse. On aurait dit deux écoliers surpris en train de se tripoter par le proviseur.

C'était un client du restaurant, qui semblait avoir passé une grande partie de la soirée à absorber des boissons alcoolisées. Il avait le visage luisant et des petits vaisseaux éclatés tout autour de son nez, comme des cours d'eau sur une carte de géographie. Il s'était approché de David, avec une mine de justicier. Il l'avait bousculé, en lui saisissant l'épaule, et, d'une voix pâteuse, avait exprimé son sentiment de dégoût pour les lâches qui frappaient les jeunes filles sans défense.

Son point de vue était compréhensible. En me retournant, j'avais vu ma tête devant la glace. Je ressemblais à l'une de ces créatures qu'on voit dans les films d'horreur de série Z, ces filles pâles couvertes d'hémoglobine qui courent la nuit, en haillons, sur une route déserte. J'avais du sang tout autour de la bouche, mais aussi sur les joues, dans les cheveux, les sourcils, et mon tee-shirt donnait l'impression que l'on m'avait roulée dans la boue. Quant à David, le sang de sa victime était étalé partout sur son visage.

Il avait tenté d'expliquer la situation.

— C'est ma fiancée.

Si cette déclaration avait fait bondir mon cœur de joie, elle n'avait pas convaincu le gros justicier. Scandalisé par ce drame de la violence domestique, il s'était avancé vers David, les poings serrés.

Sans réfléchir, je m'étais jetée contre la poitrine moelleuse de mon sauveur. D'une petite voix que je ne connaissais pas, je l'avais supplié de se calmer. Il m'avait lancé un regard méprisant, apparemment écœuré par mon absence de dignité, et David avait profité de cette diversion pour lui mettre une claque.

Ensuite, il y avait eu quelques instants de confusion, de bras emmêlés et de cris aigus, puis les serveurs ébahis avaient vu un couple ébouriffé et sanguinolent traverser la salle du restaurant au pas de course, main dans la main, avant de disparaître dans la nuit.

Nous étions montés dans la voiture, et David avait foncé sur la route, la mâchoire crispée. Il s'était garé devant chez moi, s'était précipité au-dehors comme si le moteur allait exploser d'une seconde à l'autre et m'avait attrapé la main. Ensuite, il s'était mis à courir, sans me lâcher.

Au fond du jardin, j'apercevais la forme arrondie de ma tente. Je filais dans l'herbe, l'air chaud de la nuit glissait sur mes cuisses et, dans ma tête, une sirène sonnait l'alarme. Il fallait qu'il s'en aille. Il n'était pas trop tard.

Il me semblait avoir couru pendant une éternité. J'avais entendu une chouette dans le lointain. J'avais senti le trou dans mon ventre qui essayait d'avaler tous les organes environnants, le cœur, les poumons, les reins comme si un aspirateur géant s'était mis en marche au fond de moi. J'avais pensé à Julia. J'avais préparé les mots pour lui demander de partir. J'avais senti la terreur suinter à la racine de mes cheveux.

Et puis, assis en face de moi dans la tente, David m'avait fait ses yeux de Clint Eastwood.

J'ignorais alors que je n'étais qu'une victime supplémentaire de la longue liste des êtres qui, impuissants, avaient vu leur volonté se désintégrer face au mystère de ces prunelles.

Quand David avait huit ans, le curé de son école lui avait proposé de venir chanter dans le chœur de l'église. Il n'était pas baptisé. Il avait de grandes oreilles et une voix qui grésillait comme une crécelle, mais voilà, il y avait ses yeux.

Un jour, alors qu'il jouait au foot dans la cour, il avait croisé le regard du prêtre. Il avait battu des cils, esquissé un petit sourire, et le père Baptiste avait eu l'impression que des anges le soulevaient doucement dans les airs.

David se mit donc à chanter dans le chœur de l'église. Alors qu'il s'époumonait consciencieusement, les paroissiennes soupiraient, aimantées par cet enfant qui semblait lire au fond d'elles comme si elles étaient transparentes.

À l'école, les filles rivalisaient d'ingéniosité pour se mettre sur son passage et être effleurées, ne fût-ce qu'un instant, par ce regard qui leur brûlait la peau. Lorsqu'il posait les yeux sur elles, un instant, sans les voir, elles devenaient rouges comme des tomates. Quand il séchait sur un devoir de maths, il y avait toujours une main secourable pour lui tendre une feuille de brouillon avec la solution du problème. Le matin, il trouvait des sacs en papier remplis de Carambars sur son pupitre. Le soir, il recevait des appels téléphoniques anonymes. Quand il répondait, il entendait une respiration saccadée, un slow d'Elton John ou Frankie goes to Hollywood hurlant *The Power of love*, puis on raccrochait.

En grandissant, son regard perdit peu à peu sa douceur, cette lueur presque féminine, et les dommages furent encore plus dramatiques. Quand il eut quatorze ans, une amie de sa mère proposa de lui donner des leçons d'anglais pour l'aider à remonter sa moyenne. Elle se mit à venir chez lui, deux fois par semaine, avec des pulls soyeux de plus en plus échancrés. Dès le premier cours, David réalisa avec étonnement qu'elle ne maîtrisait pas plus l'anglais que lui. Elle passait son temps à l'écouter réciter ses conjugaisons en mordillant sa lèvre inférieure et, quand il avait un trou de mémoire, elle feuilletait frénétiquement son manuel de grammaire. Au bout de deux semaines, elle poussa un soupir à fendre l'âme avant d'ôter son pull-over.

Les années suivantes, les femmes se mirent à l'attendre chez lui avec des plats cuisinés, ses professeurs en licence d'économie lui donnèrent des notes imméritées et ses partenaires à la boxe se couchèrent les uns après les autres, terrassés par la puissance de ses muscles oculaires.

Puis, durant l'été 92, une jeune exploratrice pudibonde se jeta sur lui dans une tente de camping, se mit toute nue sans qu'on lui ait rien demandé et perdit sa virginité, les yeux grands ouverts, les bras serrés autour de son torse, comme si c'était le plus beau jour de sa vie.

Le lendemain matin, je m'étais réveillée en sursaut. J'avais enfilé mon tee-shirt. Il était sept heures du matin. J'avais secoué David par l'épaule.

Il avait ouvert des yeux effarés. Son œil gauche tirait sur le violet et le jaune. Une mèche de cheveux se dressait sur sa tête.

— Quelle heure il est ?

— Sept heures. Faut que t'y ailles.

Il avait passé une main sur sa figure.

— J'ai même pas droit à un petit café ?

J'avais fait non de la tête. Il avait souri, et j'avais vu sur son front le désarroi des hommes face au monde opaque de la féminité.

Je l'avais accompagné à sa voiture, sans un mot. Autour de nous, le monde s'éveillait, dans une lumière douce comme du miel. Sous mes pieds, le sol était humide.

Il avait ouvert la portière, le dos voûté, puis s'était retourné, vaguement désemparé.

— On se voit ce soir ?

Mon cœur s'était déversé à mes pieds, je m'étais jetée contre lui. Sa bouche dans mes cheveux, il avait déclaré qu'il viendrait me chercher à huit heures. J'avais été transpercée par une douleur fulgurante, comme un point de côté.

La Renault 5 avait démarré et je m'étais retrouvée, une fois de plus, sur le trottoir, pieds nus, en train de mordiller mon pouce. De l'autre côté de la route, notre voisin, en survêtement, promenait son chien. Il m'avait fait un signe de la main, accompagné d'un sourire entendu. Les joues brûlantes, j'avais filé vers la maison, la chaleur de son regard braqué sur mes fesses comme un projecteur.

Dans la salle de bain, je m'étais regardée dans la glace. Je cherchais sur mon visage les stigmates de ma métamorphose. Mais je ne vis rien. À peine une ombre sous mes yeux. J'ai allumé une cigarette et l'ai aussitôt jetée dans les toilettes. Elle flottait dans l'eau bleutée, et je l'ai observée pendant de longues minutes, petit cadavre qui se disséquait avec le souvenir de mon insouciance.

J'ai passé la journée à tenter d'échapper aux hommes de la maison, comme si mon corps dégageait des particules odoriférantes, à la façon de ces fleurs tropicales dont le parfum attire les insectes qui viennent se noyer dans leurs liquides sucrés.

Étendue sur une chaise longue, je cachais mes yeux derrière des lunettes noires. Dans mon crâne, des images se bousculaient, j'allais d'une sorte de transe éblouie à un tragique accablement. Je pensais à Julia. Elle me manquait. Je la voyais, à Paris, dans le bar du Raphaël où l'emmenait toujours M. Lambert, les lèvres entrouvertes, avides d'attention, et mon pouls s'accélérait.

J'élaborais mille discours pour tenter de lui expliquer. Je voulais croire qu'elle comprendrait. Mais je sentais qu'il y avait eu, durant la nuit, une sorte de déplacement, comme la dérive des continents des cours de géographie, ce mouvement infime et sournois qui finit par changer la face du monde.

Je buvais du thé froid, perdue dans mes pensées, puis je marchais dans l'herbe sans savoir où aller, avant de retourner m'affaler dans ma chaise en soupirant. J'avais la sensation que mon nouvel état ne pouvait passer inaperçu ; j'étais si agitée qu'il semblait que mon corps émettait des vibrations comme un poste de radio.

Mais personne ne parut s'en apercevoir. Mon père arrosait la pelouse, en me faisant des signes de la main. Il était étonnant de voir avec quelle constance il prenait soin de son petit monde végétal alors que ses propres enfants se développaient de façon anarchique, deux herbes folles réduites, telles certaines plantes du désert, à rivaliser d'imagination pour trouver les nutriments nécessaires à leur survie.

Mon frère, quant à lui, avait passé son temps vissé au téléphone, avec des airs de conspirateur.

En fin de matinée, il était venu s'asseoir à mes pieds, le visage blême sous sa casquette rouge de la NASA.

— Ça marche pour la soirée avec Alice.

— Non ? Quand ?

Il m'avait adressé un regard douloureux.

— Samedi soir.

Il y eut un silence, nous assimilions la gravité de l'information.

— Au moins, je vais pouvoir m'assurer qu'elle va bien.

Quand il était frappé par l'amour, Pierre développait toujours les mêmes symptômes. Alors que sa vie était ponctuée de séjours à l'hôpital pour diverses fractures, que sa petite carcasse le condamnait au premier rang des photos de classe, il semblait persuadé que sa mission sur cette terre consistait à protéger l'être aimé des périls de la vie. Son imagination lui ouvrait une infinité de pistes effrayantes – virus fulgurants, accidents domestiques, chauffards fauchant dans les rues les écolières sautillantes – et son impuissance le plongeait dans les abîmes du désespoir.

Avec Alice, Pierre passait ses semaines à attendre les cours d'éducation physique, intermède magique durant lequel elle arborait un survêtement bleu qui moulait ses fesses pointues. Selon mon frère, elle n'était pas faite pour le sport. Son corps ne supportait pas la moindre activité. Elle finissait toujours par se tenir les côtes, pliée en avant, ou par sautiller sur un pied, comme si elle s'était foulé la cheville.

Pierre était alors traversé par des émotions contradictoires. Il frémissait de désir face à cette délicate silhouette en mouvement (surtout les seins minuscules qui sautillaient sous le tissu) mais, en même temps, il était terrassé par l'angoisse. Il avait toujours l'impression qu'elle allait se casser quelque chose, cracher du sang après un huit cents mètres ou faire une mauvaise chute et se briser en mille morceaux comme une biscotte. Au fil du temps, Pierre avait appris à surveiller l'état de santé d'Alice, décelant un début de grippe dans ses yeux pâles ou une gastro-entérite dans les reflets ocre de ses joues.

Même si son réseau d'informateurs lui avait assuré qu'elle respirait la santé, Pierre rêvait de la voir en chair et en os afin d'établir son diagnostic. Mais la perspective de cette soirée était également terrifiante. Il s'agissait de se confronter à l'opportunité d'embrasser Alice sur un canapé en cuir, voire, angoisse suprême, de dégrafer son soutien-gorge.

Après m'avoir confié ses tourments, Pierre passa le reste de la journée dans son costume de ninja, regardant le monde à travers le masque protecteur de sa cagoule. Il traversait l'espace telle une ombre, disparaissant dans les buissons comme pour s'extraire du réel, ce monde où les blondes portaient des soutiens-gorge verrouillés sur les secrets de leur cœur.

Comme la population masculine environnante paraissait insensible à l'ébullition de mes hormones, j'allumai la télévision et tentai de me concentrer sur un épisode de *Croco Chroniques.*

Brady Barr était en Australie, dans la région de Darwin où il étudiait la reproduction des *salties,* des monstres pouvant atteindre sept mètres de long. On voyait les crocodiles onduler dans la lagune, silencieux, avec leurs yeux implacables juste au-dessus de la surface.

Il y avait quelquefois des accidents. Une femme couverte de chaînes en or racontait en souriant que son mari avait été dévoré en 1965. Il s'était approché du rivage pour observer un vol de cacatoès et, en une seconde, il n'y avait plus eu personne, juste quelques remous dans l'eau boueuse.

Brady Barr écoutait, concentré, visiblement réjoui par l'anecdote.

On le retrouvait ensuite, agenouillé dans les herbes, un œuf dans chaque main, chuchotant à la caméra l'incroyable instinct maternel des femelles *salties.* J'avais senti mon estomac se nouer. Les mères crocodiles n'étaient pas du genre à abandonner leur progéniture dans le marasme de la vie et de l'amour. Elles ne passaient pas leur vie à s'occuper d'elles-mêmes, liées à leurs enfants par le seul fil du téléphone. Non, elles veillaient tendrement sur eux, dans un nid douillet de broussailles, prêtes à déchiqueter quiconque aurait l'inconscience d'approcher le fruit de leurs entrailles.

Quand les œufs éclosaient, elles saisissaient délicatement les petits dans leur gueule, et les déposaient un à un dans l'eau, à l'abri d'une plante aquatique. Ensuite, elles les suivaient des yeux durant des semaines, oubliant de s'alimenter, reposant dans la boue, parfaitement immobiles, tout entières abandonnées à l'ivresse de la maternité. Dès qu'un crabe ou un poisson-chat rôdait un peu trop près, elles se jetaient à l'eau dans de grandes éclaboussures et faisaient claquer leur mâchoire. C'était beau. Brady en avait les larmes aux yeux.

Devant la fenêtre, Pierre déplaçait lentement ses bras devant lui, le regard sombre, les jambes écartées, comme un maître de kung-fu. Je lui adressai un petit signe de la main. Puis je me mis à contempler tristement mes pieds.

L'heure du rendez-vous approchait.

Il était impossible de lutter contre le fouillis d'émotions qui me traversaient. Résignée, je fis comme toutes les filles qui s'apprêtent à se jeter dans le vide : je m'enfermai dans la salle de bain.

Des années durant, j'avais observé les adolescentes de mon école s'adonner au cérémonial de la métamorphose. Pendant les intercours, on les croisait par grappes dans les toilettes, agglutinées devant un miroir moite, le visage si proche de la glace qu'on aurait dit qu'elles allaient l'embrasser. Entre ces murs couverts de déclarations d'amour et de dessins obscènes, elles sortaient leurs armes : brosses pleines de cheveux, poudres parfumées, rimmels épais, rouges à lèvres, fards à joues, flacons de parfums appartenant à leurs mères. Le front plissé, les yeux écarquillés, elles s'activaient avec des gestes précis qui m'impressionnaient. Gloussantes et concentrées à la fois, elles se transformaient sous mes yeux ébahis en créatures sophistiquées, avec des chignons bouffants et des paupières bleutées.

J'étais convaincue que cette mutation était une porte ouverte sur la vraie vie, celle où l'on traînait dans les bars en regardant, à travers un rideau de cils fardés, les garçons des classes supérieures jouer au flipper. Je me demandais avec effroi où elles avaient acquis ces manières de professionnelles.

Ce jour-là, c'était à mon tour de céder aux rites de la transformation. Je pris un bain, me badigeonnai de crème, me lavai les dents, brossai mes cheveux, épilai mes jambes. J'avais l'impression de sortir de moi-même, comme si en frottant mon corps avec un soin exfoliant pour le débarrasser de ses peaux mortes, je me débarrassais du même coup de mon ancienne enveloppe charnelle. Mes angoisses, mes rêves, ma virginité, et toutes ces peurs nébuleuses qui m'avaient habitée jusqu'à ce jour s'évacuaient par le siphon de la baignoire, dans un tourbillon savonneux.

Assise sur la lunette des toilettes, je me limais les ongles des orteils et je frissonnais d'excitation. J'aurais voulu rester là pendant une éternité, dans cet entre-deux enivrant où la vie des jeunes filles est suspendue comme un drap sur une corde à linge.

J'étais toujours perdue dans ma transe rêveuse, enrobée d'un nuage d'humidité, quand mon frère avait tambouriné contre la porte.

— Louise ! Julia au téléphone !

J'avais dévalé les escaliers, enroulée dans une serviette de bain.

J'avais l'impression qu'on m'avait secouée violemment pendant mon sommeil pour me braquer une lampe sur la figure, comme un criminel dans un commissariat de police.

Elle avait une voix lamentable, une voix de petite fille brisée qui me transperça le cœur. Comme à chaque fois qu'elle voyait son père, Julia semblait avoir fait un bond en arrière dans le temps. Elle redevenait cette minuscule créature en robe à smocks, démunie face à l'incompréhensible inefficacité de ses charmes.

Elle me demanda si je pouvais venir la chercher à la gare. Elle arrivait à dix-neuf heures quarante-trois.

Quelques minutes plus tard, je filais dans

les rues, au pas de course, à la façon des caribous mâles qui foncent à travers les forêts canadiennes, dégommant tout sur leur passage, voitures ou arbres morts, magnétisés par les cris d'amour de la femelle au fond des bois.

Julia descendit du train dans une robe rouge. Elle s'appuya sur mon épaule pour remettre ses sandales à talons qui lui faisaient des ampoules. Je lui jetai un regard inquiet.

— Ça va ?

— C'est vraiment un pauvre type.

— Ouais.

Elle m'avait tendu un chewing-gum Hollywood à la chlorophylle.

— On va faire des photomatons ?

Julia adorait être prise en photo, si possible en ma compagnie, comme si notre image imprimée sur papier mat lui donnait la preuve tangible de notre existence, le signe de notre passage sur cette terre.

Elle avait toute une collection de bandes Polaroïd, en noir et blanc et en couleurs, coincées dans le cadre de la glace de sa chambre. On nous voyait, avec des lunettes de soleil, plissant les lèvres pour envoyer un baiser, passant la main dans nos cheveux, écarquillant les yeux ou tirant la langue, la bouche grand ouverte, à la façon de rock stars exprimant leur rébellion à l'égard d'une société pourrie.

Julia conservait sa série préférée dans son portefeuille en cuir doré. Nous regardions l'objectif les yeux mi-clos, nimbées d'un nuage de fumée de cigarette, telles deux créatures fantomatiques. Quelquefois, elle étalait tous les clichés sur la moquette et les examinait attentivement comme une iconographe s'apprêtant à choisir la couverture de *Vogue.*

Ce soir-là, une fois de plus, nous étions entrées dans cette cabine qui sentait le vieux tapis, et, nos fesses en équilibre précaire sur le tabouret amovible, nous avions posé pour l'éternité.

Nous avions décidé de faire une série capillaire. Julia avait disposé ses cheveux sur ma tête comme une cape, et nous avions gloussé, éblouies par les flashes successifs.

Sur la petite bande de papier crachée par la cabine, cinq minutes plus tard, Julia apparaissait, souriante, tenant par l'épaule un spectre sans visage, entièrement recouvert d'une crinière noire. C'était la parfaite représentation de mon état d'esprit. Je n'existais plus. Je m'étais fondue en Julia.

Elle avait glissé les photos dans son sac à main. Mâchouillant nos chewing-gums, nous nous étions mises en marche dans la gare déserte.

— Y a un barbecue chez Thomas. On y va ?

L'image de David m'avait traversée comme le flash du photomaton.

— Pourquoi pas ? Ça peut être sympa.

Nous nous étions retrouvées dans un jardin envahi de types bronzés qui parlaient fort en faisant griller des steaks. Ils appartenaient à cette espèce redoutable qui semble persuadée que la virilité se mesure à la quantité d'alcool absorbée. Tout, dans leur attitude – leurs sourires, leurs yeux troubles, leur façon de se taper sur l'épaule – trahissait leur goût des exploits crétins, tels que de cracher de l'alcool à brûler debout sur une table ou de pisser depuis le balcon du premier étage en visant le bol de sangria. Thomas, écarlate, la chemise entièrement déboutonnée, nous faisait signe d'approcher, en secouant une bouteille de gin.

Julia m'avait attrapé le bras.

— Tu peux m'expliquer comment j'ai pu coucher avec ce débile ?

Elle lui avait adressé un signe de tête avant de traverser la pelouse dans la direction opposée, le regard lointain.

Le bar était constitué d'une grande planche

en bois recouverte de bouteilles renversées et de bougies dégoulinantes. Un garçon avec une mèche sur les yeux nous avait tendu deux verres de punch. Nous avions remercié en souriant puis, toujours accrochées par le bras, nous avions chaloupé vers un coin plus sombre du jardin. Assises sur les marches en pierre devant la maison dont s'échappait une musique hurlante, nous observions les invités de la soirée comme on suit une pièce de théâtre.

Il y avait de l'électricité dans l'air. Deux filles avaient plongé en sous-vêtements dans la piscine, et l'on voyait leurs jambes s'agiter sous la surface, éclairées par les spots sous-marins. Leurs seins pointaient à travers le coton de leur soutien-gorge. Elles riaient fort, leur peau semblait phosphorescente.

Juste devant nous, un grand brun avec une bague de pouce et des lunettes de soleil dans les cheveux racontait à une assemblée captivée qu'il revenait de Cadaques où « les fêtes finissaient systématiquement en partouzes ».

Dans l'ombre, Julia avait levé les yeux au ciel. Elle avait posé sa tête dans le creux de mon cou.

— Heureusement que tu existes, toi.

J'avais versé un peu de mon punch dans son verre vide, savourant le bonheur de retrouver ma juste place sur cette planète, assise dans l'obscurité, mon bras autour de Julia, blottie dans la bulle de notre amour.

Nous avions bu en silence pendant plusieurs minutes, et alors qu'au loin Thomas et deux autres types se jetaient tout habillés dans la piscine, j'avais pris une grande inspiration comme si c'était moi qui plongeais.

— Il faut que je te dise un truc.

— Ouais, quoi ?

— C'est à propos de David.

Elle avait relevé la tête. Ses yeux sombres brillaient dans la nuit.

— Je suis sortie avec lui.

Elle m'avait fixée, l'air ahuri.

— Le soir du 14 juillet. Quand vous vous êtes disputés.

Elle me regarda encore un instant, la bouche ouverte, comme si elle voulait dire quelque chose. Puis elle serra les lèvres, se leva et disparut dans la foule.

Je la retrouvai collée au bar, en train de se verser une louche de punch avec une mine concentrée.

— Tu me détestes, c'est ça ?

Elle me dévisagea longuement, en vidant son verre. Puis, elle se mit à rire.

— Mais fais pas cette tête-là ! On s'en fout, de David.

— Ah ! bon ?

— Ben, évidemment. Tu t'en fous pas toi ?

— Si, si. Complètement.

À ce moment-là, l'adepte des orgies espagnoles nous tendit une assiette remplie de saucisses. Julia, narquoise, posa son regard sur les lunettes noires qu'il portait dans les cheveux comme la preuve de sa décontraction et de son sex-appeal.

La soirée se déroula comme toutes les soirées que nous avions connues. Julia but des verres à la chaîne, flirta avec l'échangiste qui tentait de l'impressionner en lui racontant ses expériences et auquel elle asséna, la voix blanche : « Peut-être, mais moi, je couche avec ma sœur », en me désignant du menton. Ensuite, elle dansa les yeux fermés, comme si elle était seule dans sa chambre et non pas entourée de garçons qui s'approchaient imperceptiblement, remuant les poings devant leur torse, avec cette raideur typique des hommes embarrassés par leur corps.

Pendant ce temps, je m'étais jointe à un groupe qui, autour de la table de la cuisine, jouait à lancer des pièces dans un verre. Celui qui échouait devait vider son verre d'un trait. Après plusieurs échecs, j'avais noué une amitié subite avec un gros blond transpirant à qui j'expliquais que « je n'irais jamais en Amazonie ». Tandis que sa main moite me malaxait la cuisse, il secouait la tête de droite à gauche, avec vigueur, en répétant : « Mais bien sûr que tu vas y aller. Bien sûr ! » Au bout du compte, j'avais erré dans le jardin à la recherche de Julia que je n'avais jamais retrouvée, avant de fondre en larmes, accroupie derrière un buisson touffu.

12.

À quinze ans, je connus mon heure de gloire.

À cette époque-là, Julia s'était inscrite à un cours de théâtre. Toujours animée par la soif d'être aimée par la terre entière, elle avait judicieusement renoncé aux disciplines nécessitant le sens de l'équilibre pour investir dans des voies tout aussi prestigieuses mais non acrobatiques.

Je lui faisais répéter ses textes. Elle déclamait de grandes tirades antiques, enroulée dans un drap, le menton levé.

Elle était vraiment douée. Elle entrait dans la peau d'Athalie ou de Phèdre avec une facilité déroutante, comme si tous les sentiments les plus extrêmes, du désespoir exalté à l'envie de meurtre, étaient nichés au fond de sa poitrine depuis la création du monde. Elle s'adressait à un public imaginaire avec la générosité et la ferveur d'une star, et sa voix claire vous remuait les entrailles.

Allongée sur mon lit, appuyée sur mon coude, je hochai la tête pour l'encourager. De temps en temps, je la coupais, comme un metteur en scène impatient, pour lui faire des recommandations qu'elle écoutait les yeux brillants. J'aimais être implacable. Je n'avais pas si souvent l'occasion d'affirmer mon pouvoir. À ses yeux, je régnais sur le monde des arts et des lettres, mes résultats scolaires confirmant sa conviction que j'étais « une tête ».

J'avais toujours été une très bonne élève, parce que l'école était à peu près le seul domaine que je me sentais capable de maîtriser dans une existence qui évoquait des sables mouvants. Longtemps, je n'avais eu aucune amie dans ma classe, et l'enthousiasme des professeurs à mon égard n'avait pas joué en faveur de ma popularité.

Julia, elle, rendait des devoirs ressemblant à de vieux chiffons et semblait souffrir de confusion mentale quand il s'agissait de poser ses idées sur le papier. Elle n'avait jamais eu besoin des livres pour explorer des mondes meilleurs, le réel lui déroulant le tapis rouge. Elle portait ses livres sous le bras comme des accessoires de mode.

L'école constituait simplement un décor pour ses aventures amicales et amoureuses. Mais même si elle ne voyait pas la nécessité de développer d'autres capacités que celle dont la nature l'avait dotée, elle était sensible à mes succès intellectuels.

Un samedi après-midi, alors que je marchais le long de la route où mon frère jurait avoir aperçu une couleuvre gigantesque, je passai devant les courts de tennis municipaux. À travers le grillage, j'aperçus Julia et une blonde qui renvoyaient la balle à une sorte de play-boy ébouriffé. Il portait un polo blanc qui moulait son torse et faisait ressortir un bronzage qui avait dû être travaillé de façon scientifique.

L'air pénétrait difficilement dans mes poumons. Julia m'avait parlé de son professeur de tennis, un garçon nommé Frank dont elle avait arraché la photo punaisée sur un tableau en liège, au bureau des inscriptions de la mairie. La semaine suivant son larcin, une nouvelle photo, « encore plus sexy », était venue remplacer la première. Elle s'était empressée de la subtiliser en la glissant dans son soutien-gorge. Puis elle avait passé ses nuits à transpirer, paniquée à l'idée qu'il puisse se douter qu'elle était l'auteur de ce geste puéril, indigne d'une séductrice. Pendant qu'elle prenait ses leçons en portant des culottes en coton quasi transparent, je fus chargée d'aller arracher les photos du professeur de karaté et de la monitrice de volley, afin de brouiller les pistes.

— Je t'en supplie. Y a qu'à toi que je peux demander ça.

Elle me regardait avec ces yeux qui vous aspiraient comme un trou noir, et, naturellement, je cédai.

J'observai la blonde qui sautillait sur le court et reconnus Charlotte, que j'avais vue sur une photo de classe, souriant triomphalement, son épaule collée à celle de Julia. Je la détaillai, depuis son nez minuscule jusqu'à ses longues jambes, et j'eus l'impression qu'on me transperçait le cœur et qu'on le vidait, comme un bigorneau dont on extrait la chair avec un cure-dent.

Elle portait une minijupe rouge et un tee-shirt qui épousait ses formes parfaites. Elle avait une queue de cheval qui dansait sur sa nuque et des dents étincelantes. À ses côtés, Julia, penchée en avant, faisait passer sa raquette d'une main à l'autre. On aurait dit deux héritières de la côte Est, des petites cousines des Kennedy possédant les gènes du pouvoir et de la beauté.

Julia ne m'avait jamais proposé de prendre des leçons de tennis avec elle. Elle s'était bien gardée d'évoquer la présence de Charlotte au cours de ces heures où elle tentait, entre deux services liftés, de faire du gringue à un type en short.

Il était connu pour avoir couché avec toutes les jolies filles du coin. Le nombre de ses conquêtes ainsi que la taille exceptionnelle de son pénis lui avaient valu d'être surnommé Warren Beatty. D'après Julia, les femmes qui avaient la chance d'approcher ce bel organe agrandissaient les yeux comme si elles étaient tombées nez à nez avec une créature légendaire, un genre de licorne ou de loup-garou. Elle avait développé à l'égard de Frank un véritable culte. Elle parlait de ses attributs anatomiques d'une voix vibrante, et on avait l'impression qu'il méritait une médaille pour ses prouesses sexuelles, à la façon d'un combattant qui aurait risqué sa vie pour la nation.

Julia voulait perdre sa virginité à tout prix. Elle voulait pénétrer ces mondes moites où l'on touchait du doigt le danger, la mort et le sublime de la même façon que les héroïnes antiques qu'elle incarnait sur scène.

Un jour, devant le tabac, nous avions aperçu Melissa, l'ancienne petite amie de Frank. Elle avait dix-neuf ans, des jeans qui lui moulaient les fesses et le balancement assuré de son postérieur avait fait naître en nous un sentiment trouble et angoissé. Elle portait un collier avec un pendentif en forme de scorpion – son signe astrologique – et dégageait un parfum musqué qui semblait provenir d'un monde que nous n'atteindrions jamais.

Julia avait cherché le numéro de téléphone de Frank dans l'annuaire et nous le composions, le soir dans ma chambre. Il disait « Allô », nous écoutions quelques secondes pour tenter de saisir une information sur la vie fascinante qu'il menait dans son appartement – un deux-pièces au-dessus de la boulangerie –, une respiration, un autre « Allô », puis nous raccrochions. Julia prétendait que, lorsqu'elle avait l'écouteur vissé à son oreille, le souffle de Frank lui envoyait des ondes électriques qui la transperçaient jusque dans le bas-ventre.

— Si ça se trouve, j'ai eu un orgasme !

L'amour avait rendu Julia fragile. Pourtant, au fil des ans, elle avait accumulé les admirateurs qui la suivaient des yeux comme une apparition. Elle avait développé sa faculté naturelle à jouer les créatures inaccessibles, aussi forte et indifférente qu'un rocher au milieu de l'océan. Quand, elle traînait ses bottes de cow-girl dans les couloirs du lycée en faisant paresseusement claquer son chewing-gum, aucun garçon ne se sentait la force de soutenir son regard. Dans les soirées, elle continuait d'embrasser tous les types qui osaient l'inviter à danser, et perdait ses inhibitions en se démolissant au Malibu ananas. En se laissant peloter par n'importe qui, Julia avait l'impression de grandir à toute vitesse, même si elle finissait toujours par avoir envie de pleurer ou de vomir.

Ses succès ne la consolaient pas. Elle méprisait ces garçons qui se ressemblaient tous. Julia n'avait jamais été sensible à ce qui se trouvait à portée de sa main. Quand ils la tenaient dans ses bras, qu'ils jouaient les romantiques ou les gros durs, elle ne voyait que leurs points noirs, leurs cheveux gras et la facilité qu'elle avait à les retourner comme des crêpes.

Plus que son tableau de chasse ou son physique de garçon de plage, Frank avait une spécificité qui lui donnait un attrait unique : il ne la regardait pas. Elle avait connu l'humiliation suprême le jour où, devant la grille des courts, il lui avait fait un signe de la main qui l'avait fait frémir jusqu'à ce qu'elle réalise qu'il ne lui était pas adressé. Frank souriait en regardant derrière elle, en direction d'une brune aux cheveux courts qui lui parut bien trop maquillée pour une partie de tennis.

Ce jour-là, Julia sut que sa vie avait un sens. Son seul objectif consisterait désormais à changer le cours tragique du destin en décrochant ce que des dizaines d'autres filles avaient obtenu sans effort : une nuit d'amour avec Frank. Le reste n'avait aucune espèce d'importance.

À cette époque-là, j'avais la sensation réconfortante que Julia, en dépit d'un physique époustouflant, connaissait les mêmes souffrances que moi. Nous ne savions pas si nous pourrions un jour éteindre l'incendie qui nous dévorait l'intérieur. La nuit nous permettait de dérouler le film d'une existence pleine d'étreintes et de sueur, mais les matins nous rappelaient que nous n'étions que des adolescentes frustrées. Nous n'avions droit qu'aux miettes de l'amour, le regard distrait d'un garçon qui avait besoin de notre présence physique pour se souvenir de notre existence.

Car j'en étais là, moi aussi. Il y avait près de deux ans que Bénédict s'était niché dans mon cœur comme une fléchette dans une cible en mousse, et, depuis, nos relations n'avaient cessé de se dégrader. Elles se résumaient désormais à des croisements furtifs, devant son portail, et ces brefs instants de bonheur ne se produisaient qu'en raison de calculs démoniaques de ma part.

Après les cours, il prenait le bus n° 10 dont l'arrêt se trouvait à une centaine de mètres de la maison. Il arrivait entre dix-sept heures et dix-sept heures trente, sauf le jeudi où il jouait au foot. À ces heures-là, j'avais pris l'habitude d'arpenter la rue en allumant une cigarette. J'avais finalement appris à fumer, avec Yukiko, une Japonaise de ma classe qui avait la silhouette d'une enfant de dix ans, et était experte en toutes sortes de pratiques clandestines auxquelles elle m'initiait pendant les récréations. Dans les toilettes, elle mettait deux cigarettes dans sa bouche, les allumait, puis me tendait l'une d'elles, avec son air sérieux d'expert-comptable. Comme moi, elle était solitaire et totalement inadaptée à la vie en société. Elle était une sorte de génie scientifique que la prof de physique regardait avec un respect mêlé de stupeur. Elle avait un sourire timide et des manies inquiétantes, comme celle de s'arracher les cheveux un par un, quand elle se concentrait sur la résolution d'un problème de maths. Elle voulait toujours que je vienne dormir chez elle, proposition que je refusais systématiquement, redoutant de pénétrer un monde encore plus obscur et dépeuplé que le mien.

Quand il finissait par arriver, Bénédict passait devant moi, me saluait distraitement, et ne s'arrêtait jamais. Je le voyais s'approcher, dans sa veste militaire, et c'était comme si le monde devenait silencieux. Ses cheveux ondulés étaient auréolés de lumière et sa démarche dangereuse me faisait tirer sur ma cigarette avec un manque de naturel déplorable. Il ralentissait le pas, me souriait à peine, et j'espérais à chaque fois qu'il se passerait quelque chose, un détail, un mot supplémentaire qui me ferait tenir la semaine.

Mais il ne se passait jamais rien. Alors je rentrais à la maison, puant le tabac, et je sombrais dans le désespoir.

Quand je vis Julia, qui riait sur le court de tennis avec Charlotte, je fus anéantie. Derrière ce grillage, il y avait un autre monde. Julia ne m'avait pas demandé de l'accompagner car nous savions, elle et moi, qu'en franchissant la porte en fer, je me serais désintégrée. Il y avait trop de soleil. Tous mes secrets honteux seraient apparus, aussi clairement que les os cassés du bras de mon frère sur la radio qu'il avait scotchée contre la porte de sa chambre. Frank aurait découvert que j'avais un corps qui n'en faisait qu'à sa tête, avec des jambes et des bras qui n'arrêtaient pas de grandir. Il aurait su que, contrairement à ce que je prétendais, je n'avais jamais été embrassée par Carlo, le serveur de la pizzeria où mon père nous emmenait dîner le samedi soir. Quant à Charlotte, elle aurait vu que je passais mes soirées à écrire des poèmes ou à parler avec des araignées tropicales, à qui je commençais d'ailleurs à ressembler, avec leurs pattes interminables et leur abdomen rétréci.

Le lundi suivant, je me dirigeai vers Yukiko qui relisait ses notes de chimie dans un chemisier à col rond qui serrait ses épaules de moineau.

— Ça me ferait plaisir de venir chez toi vendredi soir.

Elle avait souri en faisant rouler une mèche de cheveux entre ses doigts. Puis, elle avait pris son agenda, avec sa couverture rose pailletée, et avait noté « Louise » dans la case du vendredi, de sa petite écriture appliquée.

Je pris l'habitude de passer mes vendredis soir chez elle. Ses parents habitaient un appartement couvert de papier peint beige, où il régnait une atmosphère de sarcophage, avec de la poussière en suspension et une odeur de chien mouillé.

Même les jours de grand soleil, la lumière ne réussissait pas à passer au travers des rideaux en velours râpé.

Yukiko avait été adoptée à l'âge de six mois par un couple avec qui elle était aussi secrète et polie qu'avec des inconnus qui lui auraient demandé l'heure dans la rue. Sa mère avait deux mainates qui hurlaient « Allô » et « Un biscuit, coco ! », dans une cage pleine de fientes et de graines grisâtres. Elle était bien plus tendre avec ses oiseaux qu'avec n'importe quel être humain et conservait dans une boîte à biscuits le cadavre desséché d'un perroquet du Gabon prénommé Oscar qui, de son vivant, « savait siffler la Marseillaise et ressemblait comme deux gouttes d'eau à François Mitterrand ».

— Il sera enterré avec moi, c'est ma dernière volonté !

Son père était chasseur et amateur de peinture. Il portait une moustache et travaillait au Trésor public.

Pour supporter sa famille d'adoption, Yukiko s'était réfugiée dans les études et l'inhalation de produits d'entretien depuis l'âge de neuf ans. Elle sniffait un détergent, une cire pour le parquet ou de l'ammoniaque et elle se sentait partir dans un monde ouaté où elle retrouvait sa mère biologique en kimono de soie.

— Ouais, je veux, souffla-t-elle.

Je baissai les yeux pour dissimuler la lueur de victoire qui s'y était allumée.

Julia finit par perdre sa virginité. Un jour, alors qu'il lui montrait comment améliorer son revers en la tenant devant lui, Frank respira le parfum d'abricot que dégageaient ses cheveux et sentit ses jambes fléchir. Il l'invita à prendre un verre chez lui et elle promit d'y réfléchir. La fois suivante, elle arriva dans un short minuscule et refusa son invitation avec une mine contrite. Frank n'en revenait pas. Aucune fille ne lui avait jamais rien refusé. Il conservait dans une boîte à chaussures des lettres d'amour parfumées, des photos de filles en bikini, et une culotte en dentelle mauve qu'on lui avait déposée dans son casier au centre sportif.

Il se mit à attendre Julia toute la semaine avec une sorte d'oppression dans la poitrine. Il ne regardait plus ses jolies élèves qu'avec distraction ou lassitude. Il ratait des balles, se mettait en colère et son bronzage avait pris un aspect terreux qui lui donnait l'air malsain.

Au bout de quelques semaines, Julia prétendit avoir changé d'avis et accepta de se rendre chez lui.

— C'était comment ? lui demandai-je.

Elle avait haussé les épaules.

— Je sais pas pourquoi tout le monde dit que ça fait super mal. Ça dure trente secondes, tu sens rien du tout.

Au moment même où Julia voyait son rêve se dégonfler comme une baudruche, à la façon du sexe de Frank, je goûtais à l'ivresse de la célébrité. Je gagnai le quatrième prix d'un concours régional de poésie auquel le professeur de français nous avait inscrits.

Mon poème fut publié dans le journal, avec mon prénom et mon nom de famille, dans lequel on avait fait une faute d'orthographe. Je dus lire *Océan* en classe et mon père déboucha une bouteille de champagne. Il déclara que j'étais une artiste et scotcha la page du quotidien au-dessus de la commode de l'entrée où, au fil des ans, elle finit par prendre une teinte pisseuse de vieux parchemin.

Je savourai mon statut d'artiste, avec toutes les excuses que cela impliquait, telles que l'incapacité à vivre avec ses semblables – et surtout à les embrasser –, lorsque je découvris l'extraordinaire pouvoir de la notoriété.

J'étais à mon poste, devant l'arrêt du bus nº 10, quand je vis Bénédict qui se dirigeait vers moi, dans une veste de velours marron. Il s'approcha en souriant et fit cette chose insensée : il s'arrêta.

— Salut Louise ! Bravo !

— Hein ?

— Pour ton prix de poésie.

— Tu l'as lu ?

— Ouais. C'était pas mal. Bon, moi, c'est pas trop mon style, je préfère les trucs plus dark...

— Oh ! tu sais, c'était pour l'école. D'habitude, j'écris des choses un peu plus profondes.

— Je t'ai fait lire *La seule ville qui me mérite* ?

— Ouais, ouais, bien sûr ! J'avais adoré. Depuis que je l'ai lu, je rêve d'aller à New York.

— J' t'emmènerai, si tu veux. Faudrait que tu passes à la maison, un de ces soirs. Je te montrerai mes derniers textes.

— OK.

Les semaines qui suivirent furent extraordinaires. Comme souvent avant une tragédie, la vie semblait légère et pleine de promesses, sorte d'apothéose annonçant le désastre. Julia me surveillait comme du lait sur le feu, visiblement dévorée de jalousie, et ne cessait de téléphoner à toute heure pour me raconter n'importe quoi. Elle avait renoncé à ses leçons de tennis et ne parlait de Charlotte que pour affirmer « qu'elle n'arrêtait pas de la coller ».

Lorsqu'elle joua *Phèdre*, au spectacle de fin d'année de son école, dans une toge austère qui soulignait le rouge à lèvres Chanel piqué à sa mère, j'eus la sensation qu'elle ne regardait que moi.

Après la représentation, je la trouvai dans une pièce éclairée au néon, discutant avec Charlotte. En m'apercevant, elle détourna le regard de son interlocutrice et parut aussitôt oublier son existence. Elle tomba dans mes bras, aussi molle qu'une poupée de chiffon. Sur mon tee-shirt, elle laissa une auréole mouillée de larmes.

— Excuse-moi, c'est l'émotion. J'avais tellement peur.

Charlotte tenta de poser une main réconfortante sur son épaule, mais finit par la laisser retomber dans un geste qui signait sa défaite.

Je continuais de me rendre chez Yukiko, certains vendredis. Je parlais avec sa mère de l'incroyable intelligence des oiseaux, je mangeais des steaks hachés, puis, sous une couette recouverte de lapins, j'enlaçais la petite Japonaise qui s'appliquait à parfaire mon éducation linguale.

— Vas-y doucement, Louise. Là, tu fais la machine à laver.

Après plusieurs soirées passées à relire mes poèmes et à dévorer un guide sur New York, je décidai de me jeter dans les griffes du destin.

Un mardi soir, je me rendis chez Bénédict, lestée de mon courage et de mes œuvres complètes.

Depuis l'été où je l'avais rencontré, tout avait changé. Je n'étais plus une enfant. Je savais fumer et rouler des pelles. J'étais une artiste. Mon corps n'était pas encore vraiment coordonné – j'avais tendance à renverser les verres sur les tables et à me cogner contre tous les objets qui s'obstinaient à se mettre en travers de mes genoux – mais, au moins, je n'étais plus minuscule.

C'est lui qui ouvrit. Il portait une chemise blanche à peine boutonnée et un pendentif en argent. Il avait l'air surpris de me voir.

— Salut. Je te dérange ?

Il me fit entrer et je le suivis dans l'escalier, les yeux fixés sur le mouvement de ses hanches. Je pénétrai dans la chambre qui me hantait depuis des mois, et tentai de chasser les scénarios torrides que j'avais repassés dans ma tête, la nuit, mon walkman déroulant des slows à l'infini.

Il alluma une cigarette.

— Je peux t'en piquer une ?

— Tu fumes, toi, maintenant ?

Je haussai les épaules et saisis son Zippo, le faisant claquer avec lassitude. Bénédict me regardait. Je soutenais son regard, et l'univers se fondait dans un nuage bleuté qui me piquait les yeux.

Tandis que je m'appliquais à cracher la fumée après l'avoir fait descendre jusqu'au plus profond de mes alvéoles pulmonaires – « Les filles qui crapotent, c'est trop la honte », avait dit Yukiko –, Bénédict me faisait la lecture.

De sa belle voix rauque, il prononçait lentement des vers incompréhensibles, où les mots « décrépitude » et « cloporte » revenaient à plusieurs reprises.

J'acquiesçai en silence, le faisant répéter quelquefois un vers, au hasard. Ses textes me paraissaient aussi nébuleux et inquiétants que les chants japonais que Yukiko me faisait écouter, tard dans la nuit, sur son radiocassette.

Mais au fond, je n'écoutais rien. Je regardais ses doigts qui serraient les feuilles à carreaux et ses ongles magnifiquement coupés. Je regardais sa bouche et ses sourcils froncés qui révélaient le recueillement du poète face au mystère de la création.

J'eus un sursaut d'attention quand il entama un texte intitulé *Ton corps* qui évoquait une beauté brune avec des « seins odorants », détail qui me décontenança, puis me fit réaliser que mes aisselles étaient moites. Je me levai brusquement, obsédée par les émanations suspectes de mon corps, les bras collés contre mon buste.

— Faut que j'y aille.

Quelques jours plus tard, Bénédict téléphona. Dans l'écouteur, sa voix semblait plus basse que d'habitude. Son souffle résonnait de façon puissante, et je dus fermer les yeux pour supporter cet assaut sensuel qui entrait dans mon corps à la façon du vent qui s'engouffre dans une maison abandonnée.

Il me proposait de revenir le lendemain. J'acceptai, blasée. Puis je montai me coucher, et je restai dans le noir, les yeux ouverts, avec la sensation que la vie allait trop vite pour moi.

Le lendemain, je fis passer un mot à Yukiko pendant le cours de maths.

Bénédict m'a téléphoné!!!! Il m'a demandé de venir chez lui!!!!

J'avais souligné les mots « téléphoné » et « chez lui ».

Yukiko déplia la feuille sur ses genoux, puis leva la tête, impressionnée. Elle passa le reste du cours à s'arracher les cheveux.

Aucun garçon ne m'avait jamais téléphoné. Je savais que ce genre d'événement était plein de signification, une sorte d'officialisation de quelque chose. Mais de quoi ? Julia m'avait raconté avec un sourire petit satisfait que Charlotte était dingue d'un garçon à mobylette, prénommé Jérémie, qui portait un blouson d'aviateur et la regardait avec condescendance. Un soir, la mère de Charlotte lui avait dit qu'un certain Jérémie avait appelé. Elle avait attendu une heure, mangé tout une plaque de chocolat, puis composé le numéro qu'elle avait cherché dans l'annuaire, plusieurs mois auparavant, et qu'elle connaissait par cœur.

Elle était tombée sur lui.

— Salut, c'est Charlotte.

— Ouais ?

— Tu m'as appelée.

— Ah ! non.

Et il avait rigolé. Charlotte avait raccroché, et elle était restée là, pétrifiée, avec sa lèvre inférieure qui tremblait. Puis, recroquevillée sur la moquette de ses toilettes, elle avait sangloté de rage en se demandant ce qu'elle avait fait pour mériter tant de souffrance.

Mon frère avait, lui aussi, été victime de cet instrument pervers. Un garçon de sa classe lui avait déclaré que Sybille, une petite brune à la bouche en forme de framboise, voulait l'inviter à son anniversaire. Elle attendait son appel. Pierre avait passé la journée à la chercher dans les couloirs, en vain, et il était rentré à la maison, laissant traîner son cartable sur le sol, les yeux remplis d'angoisse.

Finalement, il s'était décidé à téléphoner. Mais l'émotion lui fit demander à la voix masculine qui résonnait à l'autre bout du fil si « Sylvie était là ». La voix lui ayant déclaré d'un ton sans appel qu'il n'y avait pas de Sylvie ici, Pierre reposa l'écouteur en secouant la tête. Personne ne réussit jamais à le convaincre de rappeler.

Quelques jours plus tard, Pierre aperçut Sybille dans la cour de récréation. Elle était concentrée sur son Rubiks Cube et ne leva même pas la tête quand il passa devant elle à petits pas lents.

En revanche, certaines personnes semblaient maîtriser parfaitement l'art de la télécommunication et ne se privaient pas de clamer leurs succès en la matière. Aurélie Dufour, une fille de ma classe, racontait à tout le monde que Benjamin de Baumont l'appelait chaque soir. Elle se promenait dans les couloirs, le menton levé, en agitant ses cheveux.

Un jour, le bruit se mit à courir que Benjamin de Baumont avait « doigté » Aurélie Dufour.

Durant le cours de latin, j'envoyai un nouveau mot à Yukiko.

Tu t'es déjà fait doigter ? (Tu n'es pas obligée de répondre.)

Je regardai son dos et la vis qui griffonnait, couchée sur la feuille.

Non, mais une fois j'ai failli. Et toi ? (Tu es obligée de répondre.)

Non, mais presque. Est-ce qu'un garçon t'a déjà téléphoné ?

Une fois. Mais c'était mon cousin. Il a des boutons, et deux ans de moins que moi. Ça compte pas.

Bénédict portait une chemise noire et ses parents étaient sortis. Il dégageait une assurance tranquille et un parfum d'eau de Cologne. Sous la lumière du porche, il était splendide, auréolé d'une lumière floue qui le rendait presque irréel.

— Salut. C'est moi.

— Viens par là, toi.

Il m'attrapa l'épaule, et le coton de sa manche effleura ma joue. Le sang afflua. Je crus que j'allais tomber.

Sa chambre était plongée dans la pénombre, simplement éclairée par sa lampe de bureau. Le rat albinos grattait furieusement le sol de sa cage. Bénédict s'assit par terre, à côté d'un cendrier plein et d'un tas de feuilles éparpillées. Je m'installai à côté de lui. Je me sentais d'une extrême faiblesse. Mes genoux semblaient animés d'une vie propre, comme s'ils étaient soumis à une température glaciaire.

— Tu connais ça ?

Il avait sorti un machin en plastique qui

ressemblait à une paille avec un réservoir. Je ne connaissais pas.

— Tu veux essayer ?

J'acquiesçai.

Il fit chauffer un petit carré marron et mou dans sa main, remplit l'objet d'eau et alluma le tout.

— Tiens. Tu aspires, et surtout, tu ne recraches pas tout de suite. Tu gardes bien la fumée dans tes poumons. Ensuite, on écoutera de la musique. Tu vas voir, c'est top.

J'aspirai consciencieusement. L'eau faisait des bulles tandis que j'emplissais mes poumons. Je retins mon souffle le plus longtemps possible, concentrée à la façon d'une élève qui passe son examen de fin d'études. Je me mis à tousser.

Bénédict, qui s'était couché sur le lit, partit d'un rire moqueur. Il se releva sur un coude, me lança un regard trouble, et tapota sur le matelas.

— Viens par ici.

Il avait mis un disque de Prefab Sprout et tirait sur la pipe avec la maîtrise d'un professionnel. Des volutes bleutées s'élevaient au-dessus de nos têtes. Sur le lit, mon corps allongé était raide comme celui d'une jeune fille au tombeau.

— Ouahhh... Quel trip !

— Ouais, c'est génial.

Je ne ressentais rien. J'étais terrifiée. J'entendais sa respiration. Je regardais le plafond. J'essayais de ne pas poser mes tennis sur le couvre-lit. Le rat continuait de gratter, comme s'il voulait désespérément s'échapper.

Il se passa une éternité. Puis, soudain, je sentis son bras. Une pression, légère mais indiscutable, contre le mien. Je répondis par une pression, également légère mais indiscutable. Mon pull en V bleu marine contre sa chemise noire. Je regardai toujours le plafond. La musique circulait à l'intérieur de mon corps. Je pensais à Aurélie Dufour. Je pensais à ma culotte. Mais Bénédict ne bougeait pas.

Le disque passa en entier, puis il se leva et passa la main sur son visage. Il avait des poches sous les yeux.

— Mes parents vont pas tarder.

Je courus dans le jardin, les cheveux ébouriffés. J'avais l'impression d'avoir vécu ma première nuit d'amour.

13.

Finalement, Pierre ne dégrafa pas le soutien-gorge d'Alice. Il préféra, après une brève apparition dans l'appartement où se déroulait la soirée de sa vie, monter dans sa nouvelle Golf à toit ouvrant, mettre *This is the End* des Doors, et foncer droit dans un mur en béton.

Selon un témoin oculaire – une dame qui promenait son chien –, la voiture roulait à vitesse moyenne. La dame s'apprêtait à ramasser la crotte de son bichon maltais, quand elle avait vu la Golf noire bifurquer d'un seul coup pour se jeter contre le mur, « comme une auto tamponneuse dans une fête foraine ».

Pierre n'avait pas mis de ceinture. Il avait traversé le pare-brise, roulé sur le capot et fini sa course en percutant le mur, la tête la première. Quand l'ambulance arriva sur les lieux, il était étendu par terre, sur le côté, les jambes repliées, comme un enfant endormi.

Pierre passa quarante-huit heures dans le coma.

Il était étendu dans un lit en fer, en salle de réanimation. Son beau visage était serein. Ses lèvres s'écartaient légèrement en un sourire énigmatique. Il portait une minerve et son bras gauche était plâtré.

Mon père, qui passait son temps agrippé aux doigts de mon frère, se mit à fumer. Le premier soir, je le surpris, arpentant le couloir de l'hôpital comme un homme qui attend la naissance de son premier enfant. Il aspirait de toutes ses forces la fumée d'une cigarette italienne.

Ma mère était arrivée quelques heures après nous, pâle, décoiffée. Elle tomba dans les bras de mon père, se mit à sangloter sur son épaule et macula sa chemise de traces couleur framboise écrasée.

Je m'étais souvenue de leur dernière rencontre. C'était à Noël, deux ans auparavant. Pierre et moi avions eu l'idée lumineuse de proposer à nos parents de passer le 24 décembre tous ensemble, en famille.

À l'époque, ma mère, qui ne se remettait pas de sa rupture avec M. Lambert, venait de passer trois mois dans une maison de repos en Suisse. Un soir, elle était montée dans sa voiture en chemise de nuit et avait conduit, pieds nus, pendant six heures. Elle était arrivée à trois heures du matin à la clinique des Glycines, plantée dans un grand parc verdoyant sur les rives du lac Léman.

Un psychiatre téléphona pour nous avertir que ma mère avait besoin de repos et qu'il ne fallait pas essayer de la joindre. Cela ne nous avait pas vraiment émus, Pierre et moi. Les mois précédents, notre mère nous appelait quelquefois, pour nous expliquer qu'elle pensait fort à nous et qu'elle viendrait nous voir dès qu'elle le pourrait. « Vous comprenez, mes chéris, murmurait-elle, la situation est tellement compliquée. » On aurait dit qu'elle était partie en mission humanitaire au fin fond de l'Afrique et que les liaisons aériennes avaient été suspendues jusqu'à nouvel ordre.

Pendant son séjour aux Glycines, notre mère fabriqua des cendriers en glaise, découvrit la peinture sur soie et se lia d'amitié avec Marie-Françoise, une Genevoise que son mari avait envoyée dans l'établissement parce qu'elle avait l'habitude de se rendre dans les grands magasins en petite culotte.

Elle eut également un coup de cœur pour Bertrand, un jeune banquier qui fumait le cigare et lui faisait le baisemain. Malheureusement, leur idylle tourna court le jour où Bertrand proposa de lui montrer les photos de ses enfants. Confiante, ma mère saisit les quelques clichés qu'il avait extraits de son portefeuille et les approcha de son visage. Les photos ne représentaient pas des enfants souriants, mais des gens nus et entassés les uns sur les autres, qui s'enfilaient avec enthousiasme sous le regard dubitatif d'un berger allemand. Ma mère jeta les photos par terre et s'enfuit en poussant des cris. Les psychologues réalisèrent qu'ils avaient peut-être fait preuve d'optimisme en établissant le diagnostic de Bertrand. Il fut transféré dans un autre bâtiment.

Et puis il y avait eu ce fameux Noël.

Nous nous étions retrouvés tous les quatre chez ma mère, sur l'île Saint-Louis. Elle avait l'air en forme. Elle portait une robe outrageusement décolletée et ne cessait de lever sa coupe de champagne « à la vie », « à l'amour », et « à la peinture sur soie ».

Mon frère et moi trinquions en échangeant

des regards anxieux. Pierre, qui avait passé les dernières semaines plongé dans la dernière édition du *Manuel de statistiques et de diagnostic des désordres mentaux* de l'Association psychiatrique américaine, était agité de tics. Il levait et baissait les sourcils comme s'il envoyait des messages dans une sorte de morse morphologique. Quant à moi, je me contentai de sourire bêtement, agrippée à mon verre.

Assis aux côtés de ma mère, Pierre et moi la couvions du regard, aussi attentifs que le bœuf et l'âne veillant l'enfant Jésus dans l'étable. Nous étions inquiets.

Ma mère ne semblait s'apercevoir de rien. Elle ne cessait de glousser sans raison, ce qui nous rendait de plus en plus nerveux. On avait l'impression qu'elle menaçait à chaque instant de commettre un acte insensé tel que de se mettre toute nue ou de nous envoyer à la figure les cendriers en glaise qui reposaient sur la table basse. C'étaient d'infâmes petits tas colorés dont les contours incertains trahissaient les désordres psychiques de l'artiste. Ma mère nous les avait montrés fièrement avant de déclarer qu'ils constituaient nos cadeaux de Noël. Mon père avait eu la présence d'esprit de pousser une exclamation ravie.

Finalement, la soirée ne se passait pas trop

mal. Ma mère racontait toutes sortes d'anecdotes sur les Glycines, toujours en gloussant, même lorsqu'elle évoquait des épisodes pénibles comme le jour où Marie-France était entrée en slip dans la boulangerie du village et qu'il avait ensuite fallu l'enfermer pendant plusieurs jours, sanglée à son lit. Mon frère haussait les sourcils à un rythme dément. Je continuais de sourire, en mâchonnant mon saumon fumé.

Nous étions trop préoccupés pour réaliser que mon père sifflait son champagne de façon déraisonnable. Comme dans ces films où les amoureux admirent le soleil couchant alors qu'un cinglé fait tournoyer une hache au-dessus de leur tête, nous regardions dans la mauvaise direction.

C'est après la bûche que les choses avaient mal tourné.

Mon père s'était penché vers nous et nous avait demandé de l'attendre dans la voiture.

— Je dois parler à votre mère, avait-il déclaré d'une voix fervente qui aurait sûrement alarmé l'Association psychiatrique américaine.

Quelques minutes plus tard, ma mère courait dans la rue, pieds nus.

Pierre et moi avions bondi de la voiture pour nous précipiter à ses trousses.

Elle s'était réfugiée dans l'entrée d'un immeuble. Son cou était tout bleu.

— Allez-vous-en ! nous cria-t-elle. S'il me trouve, il me tue.

Mon père avait fini par descendre dans la rue. Sa main gauche était pleine de sang. Il nous avait lancé un regard méchant.

— Où elle est, cette salope ?

J'avais haussé les épaules. Pierre avait bafouillé je ne sais quoi.

Mon père était monté dans la voiture, nous avait hurlé de nous « magner le cul », et nous étions partis, à toute vitesse, comme si nous étions poursuivis.

Ma mère nous téléphona le lendemain. Elle chuchotait. Pierre faisait le guet à la porte du salon, pour s'assurer que mon père n'était pas dans les parages. La veille au soir, elle avait déjà appelé, juste après notre retour, mais mon père s'était jeté sur mon frère et lui avait arraché l'appareil des mains.

— Tu n'es qu'une pute ! avait-il beuglé dans l'écouteur.

En définitive, ma mère me raconta à toute vitesse que notre père s'était jeté sur elle et avait essayé de l'embrasser. Il avait commencé à l'étrangler, elle s'était défendue et lui avait planté un coup de couteau dans la main.

— Il a essayé de t'étrangler ?

— Et en plus, ce salaud a fracassé tous mes cendriers contre le mur.

Pendant quelques jours, mon père se promena dans la maison en peignoir, le regard vide. Je me demandais s'il allait à son tour monter dans sa voiture et foncer dans la nuit jusqu'aux Glycines.

Dans la chambre d'hôpital, mes parents semblaient avoir oublié cet épisode. Ils se tenaient la main. Assis dans le couloir, ils fumaient à la chaîne et se parlaient à voix basse, collés l'un contre l'autre. On aurait dit deux moineaux sur un fil électrique.

— C'est ces saletés de films de kung-fu, disait mon père. Toute cette violence, ça finit par taper sur le système.

Ma mère secouait la tête.

— Je ne sais pas. C'est sûrement de notre faute.

Elle m'avait lancé un regard mouillé.

— Qu'est-ce que tu en penses, toi ? Tu crois qu'il l'a fait exprès ?

— Arrête de te faire du mal, maman. C'était juste un accident.

Puis j'avais marché dans le couloir de l'hôpital, et devant le distributeur de sandwiches, je m'étais mise à pleurer.

Il ne s'agissait pas d'un accident. C'était un hara-kiri automobile.

Je le revoyais, le samedi, devant la glace de sa chambre, en train de nouer une cravate rouge autour de son cou. Je m'étais appuyée contre le chambranle de la porte, les bras croisés.

— Tu es sûr pour la cravate ?

Pierre s'était retourné, les yeux brillants.

— Ça fait classe, non ?

J'avais regardé sa tête de petit garçon, ses épaules tombantes, ses jambes de poulet.

— Ouais, t'as raison. C'est top. Hyper viril.

Il avait passé la journée à s'agiter. Il avait lavé sa voiture, fait des séries de pompes rythmées par des cris gutturaux, rangé sa chambre, descendu ses maquettes d'avion, son microscope et son poster du système solaire à la cave, comme un homme qui enterre sa jeunesse.

Je le regardais faire avec un sourire sans illusion. Quelques jours auparavant, j'avais procédé moi aussi à un travail de fossoyage. Mais c'était l'amour que j'avais enterré.

Le lendemain de la soirée chez Thomas, j'étais allée acheter des souris blanches pour nourrir mon boa. Je marchais sur le trottoir, la petite boîte abritant les condamnées à mort entre les mains, quand je l'ai vu.

Il était appuyé sur le capot de sa voiture, les mains dans les poches. Ses lunettes de soleil reflétaient la lumière comme un miroir. Il regardait devant lui, les jambes croisées.

Mon cœur s'est recroquevillé dans ma poitrine et j'ai eu cette réaction qui résumait parfaitement ma nouvelle attitude face à la vie : je me suis cachée.

Je me suis précipitée dans une rue adjacente. Le souffle court, je me suis accroupie, avec les souris qui faisaient crisser leurs griffes sur le carton et mon cerveau qui fonctionnait à plein régime, comme une machine folle.

— On peut savoir ce que tu fais exactement ?

J'ai levé la tête. David était là, penché au-dessus de moi, ses lunettes dissimulant l'expression de ses yeux.

— Je... Je me repose.

Il a sorti son paquet de Marlboro, allumé une cigarette, puis il a aspiré la fumée pendant une éternité, la tête légèrement rejetée en arrière. Les souris gigotaient sur mes genoux.

— Je t'ai attendue comme un con, hier.

Je regardais son visage en contre-plongée. Sa petite cicatrice sur le sourcil. Ses cheveux soyeux comme de la fourrure. La barbe naissante qui lui donnait l'air plus âgé. Je me balançais d'avant en arrière, les bras autour de mes mollets.

— Tu veux plus me voir, c'est ça ?

J'ai baissé les yeux. Un système d'arrosage s'était mis en route dans le jardin derrière nous. Une pluie fine tombait sur nos visages. Je respirais à toute allure.

— Louise, putain...

— Je suis désolée.

— C'est à cause de Julia, c'est ça ?

J'ai secoué la tête de droite à gauche. Il a écrasé sa cigarette, et nous sommes restés silencieux, pendant que l'arrosage automatique chuintait au-dessus de nos têtes.

— Y a quoi dans cette boîte ?

— Des souris. C'est pour mon serpent.

— Vivantes ?

Il avait l'air écœuré.

— J'ai pas le choix. Il refuse de manger des cadavres.

— Et tu comptais me parler ? Où tu pensais juste te planquer jusqu'à la fin de tes jours ?

Je regardais droit devant moi. Aucun son ne sortait de ma bouche. J'avais l'impression de me vider de mon sang.

David a soupiré, puis, j'ai vu ses jambes pivoter et s'éloigner, me laissant là, avec le désespoir qui se répandait en moi comme une marée noire. La veille encore, mon organisme abritait des poissons multicolores, des coraux flamboyants, des anémones aux longs filaments, et soudain, tout ce petit monde avait basculé dans l'obscurité des grands fonds. Privée de lumière et d'oxygène, je n'étais plus qu'une mer morte où les cadavres de mes espoirs flottaient le ventre en l'air.

Je me suis assise par terre. J'avais un bleu sur le genou gauche. La tête penchée, j'ai examiné longuement les veines sous la peau de mes mollets, le duvet blond sur mes cuisses.

Alors, j'ai ouvert le carton. Les souris ont trottiné un instant devant moi, avec leurs petits yeux étonnés, avant de disparaître sous la palissade d'un pavillon.

Il y avait eu suffisamment de morts pour la journée.

À l'hôpital, nous avions passé deux jours à fumer, mastiquer d'infâmes sandwiches au pâté de foie et à sangloter abondamment.

Et puis, mon frère se réveilla.

Après avoir divagué quelques heures, il ouvrit les yeux, battit des cils comme une princesse endormie depuis cent ans et nous sourit gentiment.

Durant les heures qui suivirent son retour à la vie, Pierre nous fit une démonstration magistrale de ses talents de comédien. Confiant, il s'appliqua à nous démontrer que, contrairement à son bras (il avait accompli l'exploit d'aligner quatorze fractures entre l'épaule et le poignet), sa joie de vivre était intacte. Assis contre ses oreillers, il mangeait une compote de pomme, caressait la main de ma mère qui continuait de pleurer ou riait aux mauvaises blagues de mon père, le regard clair. S'il n'y avait eu sa minerve et son bras plâtré, il aurait tout aussi bien pu être allongé dans une chambre d'hôtel sur la côte d'Azur.

Il jura à mes parents qu'il avait perdu le contrôle de son véhicule, c'était idiot.

Dans la voiture qui nous ramenait à la maison, quelques jours plus tard, il demanda à mon père de mettre la radio, puis insista pour qu'on monte le son. « J'adore cette chanson », déclara-t-il, désinvolte, avant de se mettre à chanter : *It's a cruel, cruel summer*. Mon père avait allumé une cigarette avec le mégot de la précédente, je m'étais mise à renifler, et nous avions roulé dans la nuit, asphyxiés par un nuage de fumée, avec les Bananarama à plein volume et mon frère qui remuait le pied pour battre la mesure.

Ce soir-là, je réalisai que, telle une colonie de termites australiens, l'amour avait rongé non seulement le cœur de Pierre, mais également son cerveau.

Il était venu me rejoindre dans ma chambre. Il portait un bas de jogging trop grand. Ses yeux étaient pleins de larmes.

— Elle s'en va !

Je m'étais redressée contre mon oreiller.

— Qui s'en va ?

— Mais Alice, bordel ! Elle part aux États-Unis. Elle va continuer ses études là-bas.

Il s'était assis sur le bord du lit.

— Elle reviendra, tu sais. Et puis, tu pourras peut-être aller la voir…

— Il m'avait regardée comme si j'étais une vraie demeurée.

— Tu te rends compte qu'aux États-Unis, cinquante mille personnes sont enlevées chaque année par des sectes sataniques ! Ils les emmènent sur des parkings, puis ils leur arrachent le cœur et mangent leur cervelle.

— Qu'est-ce que c'est que ces conneries ?

— En plus, il paraît que 90 % des victimes sont des bébés et des filles de moins de vingt ans !

— Où est-ce que t'as vu ça ?

— Dans *New Louk*.

Je tentai de lui expliquer que *New Louk* était un magazine peu digne de confiance. Pour preuve, les articles qui paraissaient au moins une fois par an sur les requins et qui prétendaient que les squales étaient des monstres assoiffés de sang sillonnant les océans, la gueule ouverte, à la recherche d'une jeune fille faisant du ski nautique pour la réduire en chair à pâté.

— Tu sais qu'il y a trois cent cinquante espèces de requins et seulement quatre sont potentiellement dangereuses pour l'homme. Il y a le requin blanc, le requin tigre, le requin marteau et le…

Pierre avait écarquillé les yeux.

— Y a des requins aux États-Unis ?

Il s'était allongé à côté de moi et regardait le plafond, avec une expression tragique. J'avais soupiré et je lui avais demandé dans quelle université Alice allait étudier.

— À Georgetown. C'est à Washington.

— Ça devrait aller, pour les requins.

Il s'était tourné vers moi.

— Tu sais quoi ? En fait, je crois que j'aimerais bien qu'elle se fasse bouffer.

Les jours suivants, Pierre et moi avions tenté de dissimuler nos détresses respectives, mais l'énergie finissait par nous manquer. Il régnait dans la maison une atmosphère de mélancolie et de mollesse, comme si le temps s'était arrêté. Nous ne sortions presque plus dans le jardin, fuyant la lumière crue de l'été pour rester enfermés avec nos souvenirs. Nous passions nos après-midi devant la télévision, en nous gavant de gâteaux que nous avalions machinalement.

Nous avions un faible pour un feuilleton brésilien qui retraçait les amours contrariées d'une esclave et d'un propriétaire terrien, un moustachu qui passait son temps à plisser les yeux pour signifier les tourments provoqués par les élans contradictoires de son cœur et de sa raison. Le doublage était si mauvais que les personnages ouvraient la bouche sans émettre aucun son, comme des poissons, puis se mettaient à parler, généralement pour hurler leur chagrin, avec les lèvres serrées. Mais rien ne pouvait gâcher notre plaisir de voir défiler sur l'écran l'exact reflet des drames de notre vie. *Isadora l'esclave* appartenait à cette espèce fascinante de programmes dont le déroulement est plus lent que la vie, avec des plans interminables sur le visage désespéré de son héroïne regardant par la fenêtre, et quand, enfin, son maître entrait dans la chambre (yeux plissés), le générique de fin défilait. Il était évident que les scénaristes avaient l'intention de tirer cette histoire sur une décennie au moins. Lorsqu'un des protagonistes se décidait à déclarer sa flamme, l'élue de son cœur se mettait aussitôt à douter de ses sentiments, ou tombait malade ou était kidnappée. Au bout du compte, il ne se passait jamais rien, et tout le monde finissait en larmes, ravagé par la solitude et les regrets.

Je réalisai que mon frère et moi aurions été parfaits en stars de *telenovella*.

Pierre m'avait avoué que, durant la soirée, Alice s'était montrée incroyablement avenante.

Une bière à la main, moulée dans un bustier mauve, elle s'était plantée devant lui en souriant, et Pierre avait mis quelques instants à suivre le fil de sa conversation, perturbé par la présence d'une matière brillante sur ses lèvres. Non seulement la blonde la plus austère de son école s'était métamorphosée en lolita maquillée, mais en plus, elle faisait cette chose extraordinaire : elle *dansait devant lui.* Ses hanches ondulaient et Pierre, décontenancé, s'était réfugié dans la cuisine. Finalement, après avoir appris la terrible nouvelle des États-Unis par la meilleure amie d'Alice, il avait senti une fureur incontrôlable monter en lui. Il avait quitté précipitamment la soirée et, dans sa voiture, il avait voulu mourir. Il n'arrivait pas à déterminer clairement ce qui l'avait le plus enragé, du départ d'Alice ou de sa nouvelle personnalité.

— À part ses énormes chaussures, je ne la reconnaissais pas. Ce n'était plus la fille que j'aimais, conclut-il tristement.

Que pouvais-je répondre ? N'avais-je pas moi-même fracassé mes amours contre un mur ? Était-ce réellement pour protéger Julia ? Depuis que je lui avais avoué ma trahison, elle n'avait plus jamais prononcé le nom du garçon auquel je pensais à chaque minute de la journée.

Désormais, nos relations se limitaient à des conversations téléphoniques. Aucune de nous deux ne semblait avoir le cœur de se rendre chez l'autre. Julia me téléphonait, parfois plusieurs fois dans la même journée, pour me parler de tout et de rien, mais il y avait une sorte d'inquiétude dans sa voix.

Un jour, pourtant, elle avait débarqué, armée d'une carte de la Guyane française, alors que je sortais de ma douche. Elle faisait courir ses ongles nacrés le long du fleuve Maroni, traçant notre route à la recherche de l'anaconda. « On s'en tape de Brady Barr. On n'a pas besoin de lui. Je te le trouverai, moi, ton serpent », affirmait-elle. Je la regardais sans rien dire, l'imaginant dans la jungle, sur ses talons aiguilles. J'avais branché mon séchoir électrique et je l'agitais près de mes oreilles pour couvrir le son de sa voix. Elle m'avait dévisagée, ses beaux yeux remplis de désarroi, puis elle avait filé, un sourire incertain au coin des lèvres.

Une autre fois, elle m'avait appelée juste pour me dire qu'elle avait lu dans le journal l'histoire d'un hippopotame qui avait tué le directeur d'un zoo dans l'Essonne. Pendant plus de quinze ans, le pachyderme avait nourri une passion aveugle pour son propriétaire qui, confiant, n'hésitait pas à glisser sa tête entre les mâchoires de son protégé. Mais depuis quelques mois, il semblait nerveux, arrachant les buissons de son enclos et soufflant bruyamment quand le propriétaire du zoo passait dans les parages au volant de son tracteur. Un jour, alors qu'il était entré dans l'enclos, brandissant une botte de carottes, l'hippopotame avait foncé sur lui avant de le piétiner à mort. Il avait fallu abattre l'animal qui refusait de s'éloigner de la dépouille de son maître et poussait des cris déchirants.

— Il était jaloux du tracteur. Tu te rends compte ? C'est beau, non ?

Ce soir-là, j'avais raccroché, la gorge serrée. J'avais réussi à ne plus penser à David jusqu'au lendemain.

Alors que Julia et moi prenions nos distances, d'autres se rapprochaient de façon inquiétante. Depuis l'accident de Pierre, ma mère avait pris l'habitude de nous rendre visite chaque jour. Elle débarquait dans des tenues de plus en plus élégantes, au volant de sa petite Fiat, en klaxonnant joyeusement. Les premiers temps, elle s'asseyait sur le canapé et tentait de détourner notre attention de l'écran de la télévision en parlant sans cesse. Mais face à notre manque d'enthousiasme, elle préféra bientôt s'étendre dans le jardin pour bronzer, armée d'un ahurissant carton en aluminium qui réfléchissait la lumière sur son visage et datait de l'époque lointaine où les rayons UV n'étaient pas encore considérés comme le pire ennemi de la femme.

Au début, mon père la regardait de loin, arrosant ses fleurs l'air méfiant, mais, très vite, il se mit à délaisser l'horticulture pour bavarder avec son ex-épouse. Il préparait des cocktails de fruits, s'asseyait à ses pieds comme un jeune troubadour ou montrait ses dernières œuvres – des toiles angoissantes représentant des paysages italiens, et particulièrement une série consacrée au volcan de Stromboli dont les flamboyantes éruptions pouvaient évoquer les débordements de son cœur.

« Cette vie me débecte », disait Pierre, en enfournant une poignée de chips. Moi, je me souvenais de l'époque où, avec Julia, les lèvres maquillées de noir, nous lancions des sorts à une Barbie ballerine (ma mère) et à un Action Man plongeur (son père) en psalmodiant « La mort, la mort ! ».

Un après-midi, mon frère avait baissé les stores du salon d'un geste nerveux, et nous étions restés muets, assis l'un contre l'autre dans l'obscurité, tandis que nos parents gazouillaient au soleil comme si leur vie commençait et que la nôtre tombait en poussière.

Pendant près d'une semaine, je me soûlai de feuilletons sud-américains et d'expéditions tropicales. Je me mis à dormir dans ma tente, entortillée dans le sac de couchage qui avait abrité ma passion. La nuit, je fumais des cigarettes à la chaîne en écoutant les bruits de la jungle, mais, dans le noir, je finissais toujours par entendre la voix de David qui répétait : « C'est à cause de Julia, c'est ça ? »

Un soir, après avoir écrit une ultime lettre à Brady Barr où je le suppliais de m'emmener avec lui pour sa prochaine mission, jurant que je le suivrais « n'importe où sur cette planète » et que « j'étais prête à mettre ma tête dans la gueule d'un hippopotame », je fus prise d'un élan incontrôlable. Je jetai ma lettre dans la boîte au coin de la rue, puis, alors que le premier orage de l'été éclatait au-dessus de ma tête, je me mis à courir en direction de la maison de Julia.

Elle ne m'avait pas appelée depuis six jours. Je slalomais entre les flaques, ma chemise blanche collée contre mon dos, envahie par la sensation terrifiante que je l'avais perdue.

Devant le portail, j'avais respiré un grand coup. J'étais entrée dans le jardin en frissonnant.

Julia était assise devant la table de jardin, protégée par un parasol orange sur lequel la pluie glissait en petits ruisseaux. Elle balançait sa jambe, une mule en équilibre au bout de son pied. En face d'elle, David, un Coca à la main, la regardait, le buste en avant. Il souriait.

14.

À quinze ans, j'avais eu le cœur brisé.

Je n'avais aucune nouvelle de Bénédict depuis plusieurs semaines. C'était un soulagement. Les événements avaient pris une tournure physique effrayante. Je préférais revivre le souvenir de mon expérience sensuelle dans ma tête, me repassant la scène de la pipe à eau indéfiniment, comme la séquence d'un film érotique. Je me couchais sur mon lit, les yeux fermés, et des réminiscences charnelles faisaient brûler la peau de mon bras.

Le reste du temps, je vivais avec un casque de walkman sur les oreilles, de sorte que le quotidien familial me parvenait comme un bruit lointain.

Pourtant, des drames semblaient se jouer juste là, à côté de la bulle romantique qui m'isolait du monde. Un soir, alors que j'étais descendue à la cuisine pour prendre une bouteille d'eau, j'avais aperçu Marilyne, la rousse qui servait d'agent artistique à mon père et tentait de prendre la place de ma mère dans son cœur. Elle portait une robe collante et était posée devant la télé comme un gros animal éreinté. Ses yeux étaient mouillés. À côté d'elle, mon père fixait l'écran où un type en costume lamé beuglait une chanson d'amour. Il avait l'air accablé.

Le lendemain, mon père nous avait convoqués, Pierre et moi.

— Des cassettes vidéo ont disparu.

— Quelles cassettes vidéo ?

— Vous savez très bien de quoi je parle.

Je lançai un regard interrogateur à mon frère, qui souleva les épaules en signe d'ignorance.

— Bon, très bien. Voilà ce qu'on va faire : je vais sortir faire un tour. Quand je rentre, je veux que les cassettes soient à leur place, dans l'armoire de ma chambre.

Les cassettes ne réapparurent pas. Pierre m'expliqua qu'il s'agissait probablement de la collection de films aux titres suggestifs tels que *Secrétaires très particulières* ou *Auto-stoppeuses en chaleur* qu'il avait découverte un jour, dans l'armoire de la chambre paternelle, tout en haut, inaccessibles à des personnes de petite taille. Pierre et moi étions révoltés de nous voir suspectés d'un vol aussi abject.

L'affaire des cassettes contraria mon père pendant plusieurs jours. Il s'enferma dans un mutisme irrité, et tandis que mon frère rampait dans les couloirs dans son costume de combattant japonais, un silence ouaté s'installa chez nous, laissant chacun d'entre nous dans un monde clos, sans interférence avec celui des autres.

Le seul bruit qu'aurait relevé un observateur particulièrement attentif était le grincement traînant de mon walkman. Certains soirs, mon père se disputait avec Marilyne, chuchotant dans le téléphone d'une voix molle qui aurait fait perdre la raison à toute femme normalement constituée. Il buvait du whisky dans de grandes chopes à bière. Je repérais sa présence en entendant les glaçons tinter comme des clochettes.

Finalement, M. Wagner, le directeur de l'école de Pierre, convoqua mon père. Selon lui, mon frère était à la tête d'une filière de jeunes trafiquants écoulant des griffes de ninja – objets destinés, à l'origine, à permettre aux guerriers de l'ombre de grimper aux arbres, mais pouvant se transformer aisément en arme mortelle –, des étoiles chinoises et des cassettes porno. *Secré-*

taires très particulières trônait sur le bureau, entre la photo d'une grosse brune souriante et une coupe récompensant les œuvres de M. Wagner au curling.

Mon père ne réussit même pas à punir mon frère. Il se contenta de lui demander de ne pas recommencer sur le même ton mou qu'il prenait avec Marilyne, et, la semaine suivante, Pierre se cassa le nez au cours de gymnastique. M. Lopez, le prof d'éducation physique que nous ne vîmes jamais sans son survêtement bleu marine Adidas, reçut mon père, l'air totalement démoralisé.

— Je ne comprends pas. Il est tombé des anneaux, sur la tête. Il n'a même pas mis les mains. J'ai jamais vu ça.

Alors que les hommes de la famille se détruisaient consciencieusement à coup d'alcool fort ou de suicide sportif, j'étais en proie à des tourments autrement graves.

Julia organisait une soirée pour ses seize ans.

Julia aimait faire des fêtes. Elle invitait des garçons dont elle connaissait souvent les parties intimes et des pimbêches de son école. Je n'y allais jamais. J'imaginais avec angoisse ce petit monde qui vidait la cave, se tripotait sur les canapés et finissait par vomir dans le jardin, la tête penchée au-dessus des framboisiers.

Plongée dans un sommeil proche du coma, en raison d'une absorption déraisonnable d'anxiolytiques, Mme Lambert ne mettait aucun frein à ces débordements. Un soir, un petit brun qui avait découvert des clubs de golf abandonnés dans un placard, s'était mis à faire des swings dans le salon sous les encouragements de Julia. Il l'appelait « poupée » et la traitait comme une fille facile. Elle trouvait cette attitude follement émoustillante, ce qui expliquait sans doute ses applaudissements quand il avait fait voler en éclat une urne funéraire précolombienne datant du Ve siècle avant Jésus-Christ.

Le lendemain, Mme Lambert avait ramassé les morceaux de terre cuite avec une pelle et une balayette en plastique rouge, son beau visage un peu bouffi ne trahissant aucune émotion.

— De toute façon, j'ai toujours eu horreur de ces saloperies. J'aurais dû les fracasser moi-même.

Une autre fois, un grand séducteur avait basculé une fille sur la table de la cuisine, faisant gicler toute une collection de bouteilles vides.

Elles avaient explosé sur le lino, dans un fracas de verre. Les invités pétrifiés attendirent en vain de voir descendre Mme Lambert.

Puis la fille, qui avait ôté ses chaussures pour d'obscures raisons, marcha sur un tesson de bouteille et passa le reste de la soirée à danser pieds nus, maculant le parquet du salon de petites flaques écarlates.

Le lendemain, la mère de la victime appela Mme Lambert pour l'avertir qu'elle avait trouvé sa fille qui dormait enroulée dans des draps maculés de sang, puant l'alcool et souriant comme une imbécile. Mme Lambert parut horrifiée et priva Julia de sortie jusqu'à la fin de l'année, mesure que tout le monde avait oubliée la semaine suivante.

L'obstination de Mme Lambert à refuser de faire preuve d'autorité me donnait des sueurs froides. Personne, dans cette maison, n'avait l'intention de poser des limites. Tout pouvait arriver. Ces soirées constituaient un dangereux bourbier auquel je ne pouvais raisonnablement envisager de me mêler. Julia ne s'était jamais formalisée de mes refus.

Mais cette fois-ci, c'était différent. Elle fêtait ses seize ans et se montrait plus possessive que jamais. J'avais accepté, nourrissant le rêve secret de me faire embrasser, perdue dans une foule de jeunes gens débraillés et portée par les débordements érotiques de mes congénères.

Un mardi en fin d'après-midi, je me postai devant l'arrêt n° 10. Bénédict descendit du sixième bus. J'écrasai ma Philip Morris et me dirigeai vers lui, cachée derrière ma frange. Il portait un tee-shirt rouge avec la tête de Che Guevara et des Ray Ban. Ses pieds traînaient sur le sol comme si la vie le fatiguait énormément. Je me mis à fouiller dans mon sac pour chercher une autre cigarette. Quand je relevai la tête, il était juste devant moi. Mon visage déformé se reflétait dans les verres de ses lunettes.

— Ah ! salut.

— Salut.

— Ça va ?

— Oui.

— Ma copine Julia fait une fête samedi prochain pour son anniversaire. Si ça te dit…

— Faut voir.

— C'est déguisé. Le thème, c'est « baba-cool ».

— C'est nul, les soirées déguisées.

— Ouais, je sais. Mais t'es pas obligé de te déguiser.

— Bon, OK.

J'avais mis un jean et une robe mauve transparente avec un cordon autour du cou que ma mère m'avait achetée quand j'avais douze ans. Elle m'arrivait juste sur les cuisses et me paraissait très baba-cool. Pierre, le visage barré de scotch médical qui maintenait son plâtre, était entré dans la salle de bain, au moment où je me regardais dans la glace, debout sur le rebord de la baignoire. Il m'avait fixée avec sa mine placide, et avait déclaré que j'étais « plutôt sexe ».

Bénédict portait une chemise kaki. Ses cheveux étaient mouillés, ramenés vers l'arrière. Il n'était pas du tout baba-cool. Nous étions allés à pied jusque chez Julia. Il était neuf heures du soir. L'air était humide et chaud. Je me taisais. Je regrettais d'avoir mis ma robe mauve.

Dans le jardin des Lambert, des filles se promenaient en robes évanescentes. Elles avaient l'air d'être sorties en chemise de nuit. Deux blondes riaient en se tenant par le bras, leurs longs cheveux séparés par une raie au milieu, un ruban noué sur le front. Une jolie brune passa devant moi, ses pieds nus sortant d'une tunique vert d'eau. Des lampions étaient suspendus dans les arbres, et dans la lumière orangée, ces filles ressemblaient à des nymphes sorties des bois pour envoûter les humains.

Autour de la table du jardin, où l'on avait entreposé des bouteilles et des saladiers remplis de chips, des garçons riaient en s'enfilant des vodkas. Aucun d'entre eux n'était déguisé. Bénédict, comme aimanté par la présence d'alcool et de silhouettes viriles, se dirigea instantanément vers eux.

Julia trottina dans ma direction, vacillante sur ses talons hauts. Elle portait une robe blanche brodée. Elle semblait gênée par sa traîne en soie, comme si une pieuvre s'était enroulée autour de ses jambes. Elle plaqua sa bouche juste au coin de mes lèvres.

— Salut, mon cœur. T'es sublime.

Je la regardai avec méfiance. Elle portait des faux cils et une couronne de fleurs. Ses yeux brillaient. Je me demandai si elle était saoule.

Elle m'entraîna à l'intérieur de la maison. Il y avait des gens entassés partout. On avait recouvert les abat-jour de tissus écarlates, ce qui donnait au salon un air de lupanar avec des recoins sombres où des ombres se frôlaient, balançant doucement au rythme d'une musique planante.

Julia me tendit un verre rempli d'un liquide rougeoyant où flottaient des quartiers d'orange. Un garçon posa ses mains autour de sa taille, et elle disparut dans un halo lumineux, agitant sa main derrière elle en signe d'impuissance.

Je retournai dans le jardin, cherchant Bénédict des yeux. J'aperçus Charlotte qui s'appuyait sur l'épaule d'un type maigre pour remettre sa chaussure. Elle avait un bandeau en éponge sur le front, comme un joueur de tennis. Elle lançait des œillades enamourées au garçon. Je supposais qu'il devait s'agir de Jérémie, dont la place dans le cœur de Charlotte n'avait cessé de croître depuis son humiliation téléphonique, et surtout, depuis qu'on racontait qu'il couchait avec la mère d'une de ses copines. Selon la rumeur, il avait, au cours d'une soirée organisée par Carole Duchamp, été entraîné par Mme Duchamp dans sa chambre, où il avait donné le meilleur de lui-même avant de repartir, un slip brésilien dans la poche de son blouson. On disait que le fameux slip était désormais punaisé au-dessus de son bureau.

Je ressentis une sorte de compassion fraternelle pour Charlotte. Dans la chaleur de la nuit, un autre cœur que le mien cachait derrière une désinvolture éthylique la folle angoisse de vivre sa nuit de la dernière chance.

Bénédict était près du bar, avec un garçon à l'air de dandy qui fumait un cigarillo. Je m'approchai et remplis mon verre, en regardant devant moi, comme si je ne l'avais pas vu. Crachant une fumée nauséabonde, le garçon lui racontait qu'il avait demandé à une certaine Vanessa de « se raser la chatte ». Je lançai un regard affolé dans le lointain. Bénédict se pencha vers moi.

— On va faire un tour ?

Nous étions assis dans l'herbe, près des buissons d'aubépine. À quelques mètres de nous, un petit groupe riait, assis en cercle dans un nuage de cannabis. Je regardais mes pieds, allongés devant moi, au bout de mes jambes toutes raides.

— Il avait l'air sympa, le type avec qui tu parlais.

— Tu trouves ? J'aime pas trop ce genre de mecs qui se la racontent.

Je réfléchissais à toute vitesse. Il n'appréciait pas les types qui demandaient aux filles de se « raser la chatte ». C'était rassurant.

La semaine précédente, j'avais pris un bain avec un tee-shirt blanc. J'avais vu une fille dans *Elle* qui sortait de la mer, sa chemise nouée au-dessus du nombril. On voyait ses seins à travers le coton mouillé.

Sur moi, ça n'avait pas marché.

Bénédict approcha son visage.

— À quoi tu penses, princesse ?

— Je pense à une de mes copines. Elle est amoureuse d'un garçon, il le sait pas. Qu'est-ce qu'elle devrait faire d'après toi ?

Bénédict s'allongea sur les coudes, en regardant en l'air.

— Oh ! tu sais, l'amour...

Il se tourna sur le côté en me fixant.

— Il est plus facile de mourir que d'aimer. C'est pourquoi il faut se donner le mal de vivre.

Je le regardai, la bouche ouverte

— Y avait cette fille dans ma classe. J'y pensais tout le temps. Ses parents étaient naturistes. Elle avait l'air d'avoir fait des trucs pas possibles. Tu sais, ces filles qui ont des yeux de reptile.

— Ouais, ouais.

Je n'aimais pas trop le tour que prenait la conversation. Je me demandais si j'avais des yeux de reptile.

— Un matin, au cours de gym, je lui ai dit qu'elle me rendait fou. Comme ça, à huit heures du mat'.

— Et alors ?

— On est resté quatre mois ensemble.

Il fit gicler son mégot, d'un geste précis, entre le pouce et l'index.

— Faut avoir des couilles dans la vie. Sinon, c'est la vie qui te bouffe.

— Bénédict ?

— Ouais ?

— J'ai pas de couilles.

— Hein ?

Je lui lançai un regard qui me sembla éloquent.

— Mais si, t'as des couilles. T'es juste un peu jeune dans ta tête.

Il a rigolé.

— Me regarde pas comme ça. C'est pas grave.

— Ça veut dire quoi « un peu jeune » ?

— Je sais pas, moi. Gamine, quoi.

— Gamine ?

— Écoute, tu vas pas me prendre la tête avec ça…

— Excuse-moi, mais j'ai vraiment pas l'impression d'être gamine.

— Bon, on va boire un verre ?

— Non, merci. Moi, je reste là. Je suis super bien.

Il se leva, passa les mains sur ses fesses, et s'en alla, sans se retourner.

J'allumai une cigarette et marchai dans

la nuit. Appuyé contre un tronc, un couple s'embrassait furieusement. Leurs longs cheveux balayaient leurs visages comme des méduses.

Le cœur serré, je m'enfuis vers la maison.

À l'intérieur, l'atmosphère était montée d'un cran. Des ombres s'agitaient sur la piste en se jetant les unes contre les autres. Une fille dansait en secouant rageusement la tête, comme un chanteur de hard rock.

Je buvais des verres remplis de liquides translucides. Je regardais le parquet. Je passais ma main dans mes cheveux. Je regardais les garçons et les filles qui semblaient parfaitement à l'aise, perdus dans des transes inconnues, et qui ne regardaient personne.

Finalement, on passa des slows. Un type qui mâchonnait un bâton de réglisse se planta devant moi. Il me tendit la main. Il avait une tête de fouine.

Nous nous balancions sans rien dire sur *Still loving you.* Ses cheveux sentaient l'oignon. D'une main, je tenais son cou, de l'autre, une cigarette.

Pendant que je cherchais Bénédict des yeux, suppliant Dieu pour qu'il me voie dans les bras d'un homme qui ne pensait pas que j'étais jeune dans ma tête, je sentis ses doigts descendre dans mon dos. Je tirai sur ma cigarette nerveusement.

— Comment tu t'appelles ?

— Louise.

— Moi, c'est Xavier. T'es en quelle classe ?

— En troisième.

Cela dut lui plaire. Il se pencha vers moi brusquement et colla ses lèvres contre les miennes. Ses mouvements étaient désordonnés, beaucoup moins faciles à suivre que ceux de Yukiko. Il avait les yeux grand ouverts, vaguement affolés, tandis que sa langue s'enroulait autour de la mienne à toute vitesse.

J'avais du mal à respirer et un goût d'oignon dans la bouche. À certains moments, nos regards se croisaient, et je voyais ses pupilles dilatées. Je me demandais à quoi il pensait. Avait-il, comme moi, le sentiment de vivre une heure historique ? Pensait-il à son repas du soir dont les odeurs avaient insidieusement pénétré ses muqueuses ? Sa vie défilait-elle à toute vitesse dans sa tête ? Avais-je mauvaise haleine ?

Cette foutue chanson n'en finissait pas. *Still loving you, still loving youuuuuu.*

Enfin, il me lâcha d'un coup. Il me lança un regard intense, passa le dos de sa main sur ses lèvres, puis disparut dans la foule. J'avais le menton couvert de salive.

C'est à ce moment-là que je les vis. Julia et Bénédict. Ils étaient montés sur une table et dansaient langoureusement. Elle le tenait par le cou, et se laissait tomber en arrière, en le fixant. Elle avait relevé ses cheveux et s'était remis du rouge à lèvres. Elle avait l'air complètement saoule. Bénédict, lui, remuait doucement le bassin d'avant en arrière, une cuisse entre les jambes de Julia. Il avait les cheveux dans les yeux. Il approcha son visage très lentement. Julia avait un sourire bête.

Et ce fut la fin de tout.

15.

L'image est restée dans ma mémoire, dans ma collection personnelle, aussi nette que les photomatons de Julia. La mule au bout de son pied nu. La cannette de Coca dans la main de David. Les yeux fendus de Julia, avec cette lueur humide qui donnait l'impression qu'elle s'était échappée de ce monde. Les dents de David, révélées par son sourire coupable.

Tandis que je les observais, à quelques mètres du parasol qui les abritait, il me semblait que ces dernières semaines n'avaient pas existé et que la seule réalité était la scène qui se jouait devant mes yeux.

À l'image de ces étoiles mortes depuis des millions d'années et qui continuent de diffuser de la lumière, petits points tremblant dans l'espace, j'avais réalisé que je n'existais plus depuis une éternité.

Mon explosion galactique avait eu lieu cinq ans auparavant, le soir de l'anniversaire de Julia. Je m'étais désintégrée dans ma robe mauve, et, durant les mois suivants, j'avais traversé la vie comme un astre fantôme sans que personne semble s'apercevoir de ma disparition.

Entre Julia et Bénédict, ça n'avait pas duré. Ils s'étaient embrassés pendant quelques minutes, séparant leurs bouches de temps en temps pour se regarder et reprendre leur souffle, et puis elle en avait eu assez. Au moment où Bénédict avait commencé à lui malaxer les seins, elle avait eu une drôle d'impression. Une sorte de fatigue. Elle l'avait repoussé. Elle avait tiré sur sa robe pour la défroisser puis avait sauté de la table.

Assise en tailleur dans le dressing de ma mère, Julia m'avait expliqué sans ciller sa version des faits, en mangeant une langue de chat.

— Franchement, je sais pas pourquoi. Il était mignon, il embrassait super bien, mais j'en avais marre.

Par la suite, nous ne reparlâmes jamais de

Bénédict. Je continuais de le croiser de temps en temps, lorsqu'il descendait du bus, mais il ne s'arrêtait plus. Il était souvent accompagné d'un ou deux types qui traînaient leurs baskets usées avec la nonchalance de ceux qui ont beaucoup vécu. Bénédict m'adressait un sourire distrait ou un petit signe de tête, et il continuait son chemin, vers sa nouvelle vie d'homme sans mémoire ni faiblesse sentimentale.

Seule ma mère sembla lire dans mes yeux cernés les traces d'une transformation secrète. Après m'avoir scrutée pendant toute une soirée, elle déclara qu'elle comptait m'emmener chez le gynécologue.

— Tu es une vraie petite femme maintenant.

Le docteur Aïache m'examina longuement, l'air préoccupé, avant de me lancer un regard interrogateur. J'avais haussé les épaules, et, au bout du compte, il m'avait tendu une ordonnance pour six mois de pilule contraceptive en lançant un « Voilà, mademoiselle », comme si cette feuille de papier rose constituait un certificat d'aptitude à la vie adulte.

L'averse s'était transformée en crachin et l'air semblait épais comme de l'eau. J'avais l'impression d'être invisible, observant depuis un au-delà obscur la petite capsule temporelle, éclairée par une lumière douce, où David et Julia évoluaient au ralenti.

Ils remuèrent les lèvres, chacun leur tour, pendant un temps qui me sembla élastique, puis David se leva et se dirigea vers la maison. Je vis que son pantalon tombait sur ses fesses, laissant apparaître la bande noire de son caleçon.

Julia avait passé une main dans ses cheveux et je m'étais mise en marche. Mes pieds s'enfonçaient dans le gazon mouillé comme dans un tapis moelleux. L'atmosphère était chaude, étouffante, et le ciel aussi noir que le fond d'une grotte.

En m'apercevant, les yeux de Julia s'étaient agrandis, puis rétrécis, à la façon d'une focale d'appareil photo. Puis, ils s'étaient fixés sur moi et son visage s'était tendu d'un coup. J'ai lancé :

— T'as déjà vu des reportages sur les crapauds ?

Elle s'était redressée sur sa chaise.

— Hein ?

— T'en as jamais vu ? Dommage, c'est passionnant. Au printemps, faut qu'ils copulent, c'est comme ça. Tu devrais les voir, c'est incroyable, ils se jettent sur n'importe quoi. Les pierres, les arrosoirs, les nains de jardin… C'est plus fort qu'eux, y a plus rien qui compte.

— Mais de quoi tu me parles, là ?

— C'est fou la nature, hein ? Ça nous dépasse…

Elle avait levé le menton.

— Faut que tu te calmes, Louise.

— Tu pouvais pas t'empêcher, c'est ça ?

— Arrête, s'il te plaît.

— Ah ! non, j'arrête pas. C'est fini, ça.

Elle me fixait en se tripotant les mains. Elle avait l'air de quelqu'un qui se noie.

— Il s'est rien passé, je te jure.

— Mais bien sûr. C'est à moi que tu dis ça ?

— Je te jure.

— Oh ! tais-toi !

Elle s'était levée. Son visage était si proche du mien que je sentais son souffle sur mes lèvres. Gonflés d'humidité, ses cheveux ondulaient comme des vagues.

— S'il te plaît, Louise, s'il te plaît... Je t'aime tellement.

J'avais souri.

— Tu sais quoi ? On va faire une pause, toi et moi.

Elle avait ouvert des yeux immenses, et sa lèvre inférieure s'était mise à trembler.

— Ne me regarde pas comme ça, Julia, c'est pas la fin du monde. On se retrouvera sûrement, d'ici quelques années.

— Quelques années ?

— Mais oui ! Comme ça, j'aurai peut-être une chance de rencontrer un mec avec qui tu n'auras pas couché. Évidemment, ça ne va pas être facile, vu que tu te tapes la terre entière. Mais bon, on sait jamais…

À ce moment-là, du coin de l'œil, j'avais aperçu David qui s'approchait. J'avais senti mon cœur se figer, et, alors que Julia s'agrippait à la table, le visage défait, j'avais tourné les talons et je m'étais enfuie.

J'avais entendu le portail grincer dans mon dos. Je m'étais retournée et j'avais vu David qui courait derrière moi. Il baissait la tête, pour éviter les branches qui jaillissaient au-dessus des palissades. Ses bras se balançaient en rythme, comme dans les poursuites au cinéma.

J'avais accéléré, mes pieds dérapaient dans mes baskets trempées. J'entendais sa voix stridente qui criait mon nom. J'avais bifurqué après les courts de tennis, m'engageant sur un chemin qui conduisait vers le jardin municipal.

L'air glissait sur mes joues. Essoufflée, je me retournai et réalisai qu'il avait gagné du terrain. Je pénétrai dans le parc désert, fonçant dans les allées, cherchant désespérément un buisson où me réfugier, un tronc derrière lequel disparaître, quand mes pieds s'emmêlèrent. Une douleur fulgurante me transperça la cheville. Je tentai encore quelques foulées approximatives, claudiquant comme un animal blessé, puis, dans une sorte de désolation, je me laissai tomber sur le sol, entre deux flaques.

David se pencha vers moi, et alors que ses doigts se posaient sur mon bras, je fondis en larmes. Au loin, j'aperçus Julia qui galopait, pieds nus, avec sa jupe qui remontait sur ses cuisses. Elle était très pâle et tenait ses sandales à la main.

David me souleva dans les airs, délicatement. Je secouais les jambes dans tous les sens, en projetant mon buste en avant.

— Lâche-moi !

Il avait resserré son étreinte. Julia s'approchait, les bras ballants. Elle avait de la boue sur les jambes.

— Mais laissez-moi tranquille, merde !

David avait penché la tête.

— Tu vas la fermer, oui ?

Nous étions rentrés chez Julia, sans un mot.

David me tenait fermement. Je pleurais dans mes mains, puis je pleurais sur sa chemise. Julia marchait la tête basse, comme une petite fille punie.

Il m'avait installée sur le canapé du salon, avec mon pied qui reposait sur l'accoudoir, puis avait ordonné à Julia, d'une voix autoritaire, de lui trouver de la pommade et une bande Velpeau.

Après avoir passé un gel froid et transparent sur ma peau, David avait enroulé la bande autour de ma cheville, les sourcils froncés, avec Julia qui se penchait au-dessus de son épaule. Puis, il s'était redressé et nous avait adressé un sourire satisfait.

Ensuite, David m'avait emmenée dans le jardin et assise sur une chaise, juste sous le parasol jaune, là où toute la vie semblait désormais concentrée.

Julia nous avait suivis avec une bouteille de vin blanc. Elle avait tiré une chaise pour ma cheville, puis était repartie vers la maison. Elle marchait très lentement, avec ses cheveux qui pendaient.

J'avais levé le menton.

— Je voudrais rentrer.

David avait eu son sourire qui me donnait envie de le frapper.

— Si tu pouvais te taire, pour une fois.

— Non, je me tais pas ! Je te dis que j'ai envie de rentrer chez moi.

Il avait haussé les épaules.

— Eh ben, rentre, si tu veux.

— Je peux pas marcher.

— C'est con.

Je lui avais lancé un regard furieux, et j'avais fini par poser la question.

— On peut savoir ce que t'es venu faire ici ?

— Je voulais parler à Julia.

— C'est ça, bien sûr. T'es venu discuter.

Il avait passé une main sur sa mâchoire.

— Exactement.

— Et de quoi ?

— De toi. Je voulais lui dire qu'on est ensemble.

— Parce qu'on est ensemble ?

— Ben, ouais.

— C'est nouveau, ça.

Il s'était penché au-dessus de la table.

— D'ailleurs, je vais te rouler une pelle.

— Ça m'étonnerait.

Il m'avait attrapé les mains. J'avais tourné la tête dans tous les sens. Son visage devenait gigantesque, j'avais senti sa bouche humide grand ouverte, comme une ventouse, et j'avais eu l'impression de tomber dans un trou.

J'étais partie dans un autre monde, là où mon cœur battait, énorme, comme une anémone de mer, quand j'avais entendu quelque part une sorte de carillon, comme un bruit de verres qui s'entrechoquent. Je m'étais écartée brusquement. Derrière la tête de David, j'avais vu Julia, blême, appuyée contre la table, qui portait un plateau avec des verres et une soucoupe contenant des olives. David s'était redressé. Je m'étais mordu la lèvre, et pendant quelques instants, nous étions restés figés.

Julia avait posé le plateau sur la table et passé une main sur son front. Elle m'avait fixée, avec ses yeux veloutés, et ses lèvres s'étaient écartées en un sourire maladroit.

— Bon, ben moi, je prendrais bien un petit verre.

Nous avions bu sans rien dire, fumant des cigarettes, recrachant les noyaux des olives dans nos poings. Le jardin baignait dans une lumière bleutée. Nous aurions pu demeurer ainsi indéfiniment, autour de cette table, à nous jeter des regards inquiets, dans une atmosphère de veillée funéraire.

Et puis Mme Lambert était arrivée au volant

de sa Mercedes, dont le pare-brise était couvert de fientes, preuve qu'elle revenait d'un long voyage vers l'amour. Elle était sortie de la voiture, lissant sa robe de la main, et, alors que la portière du siège passager s'ouvrait à son tour, un jeune homme brun avait déplié son grand corps sous nos yeux ébahis.

Mme Lambert l'avait attrapé par la main, les joues roses.

— Je vous présente Jean-luc.

Nous avions salué poliment. Il s'était incliné, les mains dans les poches. Il portait un petit diamant à l'oreille.

— Jean-Luc, voici ma fille, Julia.

Julia avait levé les yeux, replacé une mèche derrière son oreille, puis elle avait souri, à peine.

Mme Lambert avait demandé des nouvelles de Pierre, et alors qu'elle écoutait ma réponse, le regard distrait, elle avait passé une main sur le bras de Julia, comme si elle voulait la réchauffer. Puis elle avait eu un petit rire crispé et elle était partie vers la maison, suivie de Jean-Luc qui avait toujours les mains dans ses poches.

Julia avait allumé une cigarette.

— Va falloir que je me casse d'ici, moi.

Tandis que David remplissait nos verres à ras bords, je m'étais penchée vers elle.

— T'as qu'à venir avec moi en Guyane.

Elle avait tourné la tête, brusquement. Dans le rond noir de ses prunelles, il y avait eu comme un tremblement.

— D'ici quelques années ?

J'avais pris la cigarette de ses doigts pour la glisser entre mes lèvres, et haussé les épaules.

— Tu es bête.

Elle s'était levée et avait passé ses bras autour de mon cou. J'avais senti sa bouche, tout près de mon oreille.

Au même moment, sous la table, le pied de David remontait doucement le long de ma cheville.

Nous avions passé le reste de la soirée à boire et à faire nos plans pour le voyage. Julia était allée chercher la caméra. Nous nous étions filmés, chacun notre tour. J'avais parlé la première, debout, les bras croisés, en tenant mon verre de vin.

— Je m'appelle Louise Barr. Je suis herpétologiste, comme mon père, Brady. Vous m'avez peut-être vue dans *Paris-Match*, lorsque j'ai découvert une espèce inconnue de vipère heurtante. Grâce à son venin, les scientifiques ont l'espoir de guérir certains cancers.

David qui portait ses lunettes de soleil et les manches de sa chemise roulées au-dessus des coudes s'était présenté comme « garde du corps de l'expédition, spécialiste en techniques de combat rapproché ».

« La région n'est pas sécurisée, affirmait-il. Entre les chercheurs d'or et les trafiquants de drogue, il fallait un homme pour protéger le docteur Barr. » Quant à Julia, assise sur sa chaise, les jambes croisées, elle regardait l'objectif en laissant la fumée de sa cigarette s'échapper de ses lèvres entrouvertes. D'une voix rauque, elle avait affirmé être médecin légiste et vouloir « disséquer cette saloperie de serpent ».

Sur les dernières images du film, Julia et moi sommes assises, chacune sur un genou de David. C'est lui qui tient la caméra. L'image n'arrête pas de sauter. On entend le rire de Julia. On voit ma main qui frappe ma cuisse. Nos têtes sont coupées.

Épilogue

Je colle mon nez contre la vitre. Il est toujours, là, immobile, tapi sous une pierre plate. Ses petits yeux noirs immobiles. Son corps trapu, inerte, qui trahit sa lassitude face à la vie. Disséminés sur les parois du terrarium, les grillons agitent leurs antennes, indifférents, snobant le prédateur.

Sur la plaque en étain, on peut lire « Gecko géant de Nouvelle-Calédonie (*Rhacodactylus leachianus*). Habitat : forêt tropicale humide et/ou semi-aride, abondamment garnie de troncs creux. » Sur le côté, une carte du monde, recouverte d'un film de plastique, que le temps et l'humidité ont fait gondoler, indique la distribution géographique du reptile, petite tache rouge dans l'océan Pacifique.

Je recule d'un pas et note sur mon carnet : « 15/07/94. *Rhacodactylus leachianus* refuse toujours de s'alimenter. »

Je glisse le carnet dans la poche de ma blouse et me remets en marche. Sous le grésillement des néons fatigués, j'approche mon visage de chaque vitrine, toutes recouvertes d'une pellicule brumeuse.

Terrarium de la mygale terricole du Brésil (comme d'habitude, deux pattes qui émergent d'un monticule de feuilles et de terre), celui des rainettes marsupiales (empilées les unes sur les autres, somnolentes). Je tourne dans le coin des insectes (phasmes à ailes roses et phasmes à tiare, invisibles au premier regard, dizaines de brindilles avec des yeux) puis, je prends l'allée des serpents. Le serpent ratier à tête cuivrée, la vipère du Gabon à corne, énorme et assoupie, avec ses yeux en croissant de lune, puis la vipère des bambous, enroulée sur elle-même, en hauteur, sur une branche en forme d'arche. Je saisis mon carnet : « *Trimeserus albolabris* entame sa mue. Mobilité quasi nulle. »

Après trois semaines de stage, je connais les emplacements favoris de tous les locataires du vivarium du Jardin des plantes. Une faune tropicale répartie dans trente-trois terrariums exigus, qui végète dans une atmosphère fantomatique.

J'ai tout de suite adoré ce bâtiment, la semi-obscurité qui y règne, le rai de lumière qui tombe de la verrière du plafond, où dansent des particules de poussière, le silence, la fraîcheur, et surtout la léthargie qui semble avoir saisi tous les habitants du lieu. On dirait que leurs cœurs battent au ralenti, leurs fonctions vitales réduites à un souffle, comme s'il s'agissait de maintenir un état de conscience minimal en attendant des jours meilleurs. Leurs yeux vides semblent égarés dans le souvenir d'un paradis perdu, tandis que le temps reste figé, comme le sang sous leurs écailles ternies par l'absence de lumière naturelle.

C'est le deuxième été que je passe ici. L'année dernière, en préparant mes examens de licence, j'avais vu les jours s'allonger, le soleil envahir les rues à la façon d'une marée diaphane, les filles sortir leurs jupes légères et j'avais senti un étau se resserrer autour de ma poitrine. L'été avait débarqué avec son cortège de souvenirs, et mon cœur s'était déchiré, comme une feuille de papier à cigarette.

Dans le hall de la fac de sciences, j'avais trouvé une petite annonce proposant d'embaucher des étudiants pour le compte du Muséum. Je m'étais présentée, et un barbu qui portait des lunettes aux verres crasseux m'avait demandé de choisir entre les volières des rapaces, l'enclos des chèvres des montagnes rocheuses et le vivarium.

— Je suis désolé, mademoiselle, mais les fauves et les orangs-outans sont déjà pris.

— Le vivarium, s'il vous plaît.

Il m'avait lancé un regard surpris, puis avait noté mon nom sur son grand cahier à feuilles jaunies.

Je passe devant un terrarium vide, le long d'un mur où l'humidité a laissé des traînées verdâtres. La plaque portant l'inscription « Caméléon de Johnston (*Chameleo Trioceros Johnstoni*) » n'a pas été retirée. Il est inoccupé depuis l'année dernière, depuis le deuxième jour de mon stage exactement, lorsque je l'avais trouvé, sur le dos, les pattes raides. On avait enlevé le cadavre, éteint les lampes chauffantes et le terrarium était resté plongé dans l'obscurité, dans l'attente d'un nouvel occupant qui n'était jamais venu.

Pendant mes pauses, je fume des cigarettes derrière la fauverie, dans une odeur puissante de fumier et de bête, et j'imagine ma vie dans le terrarium. Je me vois, toute petite, flottant dans le bassin en plastique blanc, allongée sur la branche d'eucalyptus ou cachée dans un tronc creux, avec mon cœur engourdi qui bat lentement, dans ma jungle miniature, cette antichambre de la vie.

Julia s'est tranché les veines trois jours après notre dernière soirée. Je n'ai jamais pu revoir le film. J'ai conservé la caméra, avec la cassette nichée à l'intérieur comme un secret au fond de son cœur, dans une armoire, sous une pile de pull-overs. Certains soirs, toutefois, le désespoir est si puissant qu'il s'empare de mon corps comme un envoûtement. Ces soirs-là, abandonnée au poison de la mélancolie et de la solitude, je passe et repasse dans ma tête les souvenirs de notre adolescence. Le sourire de Julia, ses yeux entrouverts, le jeu de la prohibition, son grain de beauté sur la cuisse gauche, nos fous rires, ses rêves de gloire, ses pieds cambrés, nos séances de vivisection, sa façon de fumer, ses sourcils épilés... tout défile et s'emboîte à la façon d'un puzzle mystérieux. Assise en tailleur, je vide l'enveloppe de photomatons que m'a donnée Mme Lambert, je les dispose en rangs réguliers, et puis, je reste là, accablée, comme un enquêteur désemparé face aux pièces à conviction d'un crime obscur.

Il manque des pièces. Elles manqueront toujours. Dans les mois qui suivirent le suicide de Julia, je ne cessai de m'interroger, développant des hypothèses à l'infini, fouillant dans son bureau comme si je plongeais les mains au plus profond de son âme. J'y trouvai des portraits d'elle en sous-vêtements, œuvre d'un photographe qui avait promis de la présenter à des réalisateurs. Sur les clichés, elle ressemble à une actrice droguée, fixant l'objectif avec ce regard opaque qui me poursuit comme un reproche. Il y avait aussi des pages arrachées dans des magazines de mode, des lettres d'amour de garçons dont les prénoms ne m'évoquent rien, l'article consacré à l'hippopotame amoureux qui avait tué son propriétaire, une dissertation de philosophie « Le beau est-il toujours surprenant ? » notée 11 sur 20, des menottes en fourrure et des photos de classe où elle a toujours la même pose, un peu sur le côté, l'air distant, la bouche ouverte comme si elle allait dire quelque chose.

Mais elle ne dit rien. Juste ce mot tracé au gloss sur ce miroir humide, ces lettres rondes que j'ai découvertes, le lendemain de sa mort, mes mains glacées contre ma bouche, et Julia qui plonge dans une baignoire sans fond.

Pendant la première année, Mme Lambert ne quitta pas ses lunettes noires, une paire gigantesque qui avait appartenu à Julia et lui donnait l'air d'une star sortant d'une cure de désintoxication. La plupart du temps, on la trouvait sur le canapé du salon, perdue dans sa robe de deuil, se balançant doucement, avec Jean-Luc qui lui caressait les cheveux.

C'est lui qui la sauva. Il s'occupait de tout, accueillant les visiteurs, les prenant dans ses bras avec une douceur infinie, écoutant les monologues désespérés de M. Lambert en secouant la tête. Il portait une barbe de trois jours et ses yeux fatigués lui donnaient l'apparence d'un marin ayant survécu à toutes les tempêtes. Le diamant avait disparu de son oreille.

À la fin de l'année, il se chargea également de vendre la maison, avant d'emmener Mme Lambert et quelques meubles dans une camionnette pour une destination inconnue. Quelques mois plus tard, je reçus une lettre de Guadeloupe. D'une écriture si fine qu'elle était presque illisible, elle me souhaitait beaucoup de bonheur et déclarait qu'avec Jean-Luc, ils tenaient une station-service sur la route de Port-Louis.

Mon père décida également de vendre la maison, et vint s'installer à Paris, dans un petit hôtel qui donnait sur le cimetière Montmartre. Au fil du temps, la campagne de notre enfance semblait ainsi se désagréger, réduite à des images floues et à quelques souvenirs olfactifs fulgurants, à la façon de ces terres que l'on a quittées à bord d'un bateau de l'exil. Julia est restée toute seule, sous un gazon soigneusement entretenu, et, quelquefois, j'ai l'impression qu'elle continue de vivre là-bas, qu'elle se promène sur ses talons hauts, souriant au prof de tennis, vidant une bouteille de Coca à la paille, souveraine d'un royaume où tout est encore possible.

Je me souviens du jour où le mur de Berlin est tombé. Julia m'avait téléphoné, la voix tremblante d'excitation. « Tu te rends compte, tous ces gens qui ont vécu à quelques mètres les uns des autres pendant près de quarante ans ! » Nous avions dix-huit ans, et Julia, sentimentale comme toujours, était persuadée que des filles comme nous, séparées à l'heure de leur adolescence, allaient enfin pouvoir se retrouver.

Aujourd'hui, j'ai l'impression qu'un mur a été construit entre elle et moi. Elle est là, toute proche, petite silhouette qui se met du rouge à lèvres ou plonge dans son livre sur les morts absurdes, avec ses rêves de gloire et d'amour, dans un monde suspendu qui ne connaîtra jamais la désillusion ni la décadence.

Pendant ce temps, de l'autre côté, la vie a repris son cours. Alors que la nostalgie et le désespoir se sont enroulés autour de mon cœur comme une plante grimpante, le monde continue sa course, comme s'il n'avait aucune mémoire.

Quelques mois après son déménagement à Paris, mon père accepta la proposition de ma mère de s'installer chez elle « en attendant ». Il monta dans un taxi, et, la gorge nouée, traversa la capitale avec le sentiment de remonter le temps. Elle l'attendait sur le perron, un sourire au coin des lèvres, les cheveux relevés comme à l'époque de leur rencontre. En l'apercevant, mon père eut l'impression que c'était sa jeunesse qui lui ouvrait les bras, et, alors qu'il passait la porte avec ses deux sacs de voyage, il se jura de ne plus jamais repartir.

Désormais, mon père affiche des chemises criardes et un bronzage suspect en plein mois de novembre. Ma mère, de son côté, a récemment téléphoné au psychanalyste qu'elle voyait deux fois par semaine pour lui dire « d'aller se faire foutre ». Quant à mon frère, il a rencontré en maths spé une Danoise aux joues rebondies qui passe son temps à lui faire des crises de jalousie terrifiantes. L'autre jour, après une nuit passée à tenter de calmer sa furie qui sanglotait dans ses bras, il m'a retrouvée à la terrasse d'un café, le cheveu gras, dans une veste en jean trouée. Il m'a lancé un regard las, et, avec cet air irrité des séducteurs qui n'ont jamais souffert, il a déclaré : « Les filles sont dingues. » Puis, il a commandé un pastis.

Je n'ai jamais reçu de réponse de Brady. *Chroco Chroniques* ne passe plus à la télévision. La dernière fois que je l'ai vu, l'année dernière, il traversait une mauvaise passe. Son hélicoptère s'était écrasé dans un marécage philippin et il portait un pansement sur le nez, résultat d'une morsure d'un python réticulé de cinq mètres. Il continuait de se jeter à l'eau pour attraper les crocodiles au lasso, poussait des cris dès qu'il apercevait un spécimen géant, mais on sentait que le cœur n'y était plus. Les bêtes s'échappaient, en donnant un grand coup de queue, et Brady criait *Fuck !*, avec le regard fiévreux d'un homme frappé par une malédiction. Récemment, j'ai découvert que le programme avait été remplacé par *Le Mystère des abeilles, une année dans la vie d'une ruche.*

Je n'ai pas revu David depuis près d'un an.

Après l'enterrement de Julia, tandis que nous errions dans le jardin de Mme Lambert, au milieu d'une foule hagarde, je lui avais demandé de partir. Il m'avait fixée pendant une éternité, puis, finalement, il m'avait embrassée sur la joue et s'était éloigné dans son costume noir, sans se retourner.

L'année dernière, nous avons pris un café. Il était arrivé dans une canadienne râpée. Il ne s'était pas rasé. J'avais mis du mascara. Il a tripoté un morceau de sucre jusqu'à le réduire en miettes. J'ai bu deux Orangina. Nous avons parlé un peu. Il a essayé de prendre ma main, je l'ai retirée.

En rentrant, j'ai trouvé un message sur mon répondeur. Il m'en a laissé trois autres, le lendemain, puis deux chaque jour pendant une semaine. Je n'ai pas rappelé.

Mais la nuit, tandis que je fume des cigarettes qui me laissent un goût métallique dans la bouche, je finis toujours par sentir une décharge mortelle, comme si, dans l'obscurité, ses doigts se posaient sur ma peau.

Je colle ma bouche contre la vitre du terrarium éteint. Je plisse les yeux pour distinguer les branches de bois tordues qui se dressent dans l'obscurité comme des serpents pétrifiés. Finalement, je me redresse et me dirige vers le vivarium des grenouilles cornues du Venezuela.

Juchée sur une feuille de bananier, une

femelle, marron foncé, me fixe de son œil humide. La peau de sa gorge se soulève doucement. Alors que je cherche le mâle, jaune clair, j'aperçois dans une flaque, une masse gélatineuse, comme des bulles de savon agglutinées les unes contre les autres. Mon pouls s'accélère. La femelle continue de m'observer, impassible, indifférente au miracle de la vie.

Je prends mon carnet, et d'une main tremblante, je note : « *Ceratophrys ornata* a pondu. » Puis, après avoir jeté un dernier regard aux vitrines éclairées, j'inspire profondément et me précipite à l'extérieur.

Le soleil du matin m'éblouit. Je passe devant les volières des rapaces, le gravier crisse sous mes pieds. Je sens mon cœur qui bat sous ma blouse. Les premiers visiteurs déambulent dans les allées. J'accélère le pas et me dirige vers la cabine téléphonique, juste derrière la fosse aux ours.

— Tu connais les grenouilles cornues du Venezuela ?

— Louise ?

— C'est une espèce qui vit dans les étangs des forêts d'Amérique du Sud. Elle est dotée d'une incroyable particularité biologique. Les femelles ont la faculté de se reproduire par parthénogenèse, c'est-à-dire sans fécondation. Bref, elles vivent entre filles et, deux fois par an, elle pondent des œufs dans une flaque d'eau de pluie. Pendant ce temps, les mâles se morfondent dans un étang voisin. Il paraît que, la nuit, l'air s'emplit de leurs coassements désespérés.

— Attends, Louise, calme-toi. Je comprends rien, là.

— Non, mais écoute-moi, David, c'est important. À la moindre modification écologique, tu vois, comme une sécheresse, un problème de nourriture, l'apparition de prédateurs, les femelles lancent des appels au secours. Tu comprends, quand l'espèce est en danger, elle a besoin de nouveaux gènes. C'est le seul moyen d'assurer la survie des générations suivantes. Et pour ça, elle a besoin des mâles.

— Ah...

— Ouais. Et tu sais ce qui se passe? Les mâles entendent cet appel! Ils débarquent par nuées, d'un seul coup, ils arrivent de tous les côtés. Ensuite, pendant plusieurs jours, des accouplements frénétiques font bouillonner les eaux de l'étang.

J'entends son souffle dans l'écouteur.

— David?

— Oui?

— Tu comprends, elles sont menacées d'extinction.

Puis, comme si j'envoyais un message silencieux, des ondes chargées d'hormones et de désespoir, une sorte de chant d'amour lancé à travers la forêt, j'ai attendu.

— Louise ?

— Oui ?

— On va aller le chercher, ton putain d'anaconda.

Ce volume a été composé
par Interligne
et achevé d'imprimer en mars 2005
par ***Bussière***
à Saint-Amand-Montrond (Cher)
pour le compte des éditions Lattès

N° d'édition : 62893-01. — N° d'impression : 050853/4.
Dépôt légal : mars 2005.

Imprimé en France